中国力量
讲给孩子的
科技传奇

李朝全　主编

王鸿鹏　著

巨人
在路上

长江出版传媒 ｜ 长江少年儿童出版社

图书在版编目（CIP）数据

巨人在路上 / 王鸿鹏著 . -- 武汉：长江少年儿童
出版社，2024.12. --（中国力量：讲给孩子的科技传
奇）. -- ISBN 978-7-5721-5123-1

Ⅰ. I25

中国国家版本馆 CIP 数据核字第 2024WE8001 号

ZHONGGUO LILIANG · JIANG GEI HAIZI DE KEJI CHUANQI · JUREN ZAI LUSHANG

中国力量·讲给孩子的科技传奇·巨人在路上

总 策 划：何 龙

执行策划：何少华　谢瑞峰

责任编辑：罗 曼

责任校对：谭 娇

出版发行：长江少年儿童出版社	印　张：12.375
业务电话：027-87679199	字　数：92 千字
网　址：http://www.cjcpg.com	版　次：2024 年 12 月第 1 版
承 印 厂：湖北新华印务有限公司	2024 年 12 月第 1 次印刷
经　销：新华书店湖北发行所	书　号：ISBN 978-7-5721-5123-1
规　格：640 毫米×970 毫米　16 开	定　价：35.00 元

本书如有印装质量问题，可联系承印厂调换。

"中国力量"：给孩子最好的科技启蒙课

李朝全

习近平同志指出，加快科技创新是推动高质量发展的需要，是实现人民高品质生活的需要，是构建新发展格局的需要，是顺利开启全面建设社会主义现代化国家新征程的需要。

当今的国际竞争首先是科技的竞争。科技是第一生产力，是一个国家综合国力的集中体现。我们行进在新时代，承载着历史的荣光，肩负着未来的希望，需要坚定不移地实施人才强国战略，不遗余力地发展科学技术，大力推进创新型国家建设。

近些年来，我们欣喜地看到，中国制造、中国建造、中国"智"造共同发力，从方方面面改变着中国的面貌。从青藏铁路到中国高铁，从西气东输到南水北调，从"嫦娥"揽月到月球"挖土"，从"天宫"巡天到"蛟龙"探海、"奋斗者"深潜，从"天河"超算到"九章"量子计算，从"北斗"定位导航到"天眼"望远探空，从"悟空号"暗物质探测到"墨子号"量子通信，从C919大飞机试飞到国产航母出海试航，从港珠澳大桥到南海岛礁建设……中国在科技、制造、基建等方面取得了一项又一项伟大成就，赢得了全世界的普遍关注与高度赞誉。这些杰出成就，一方面极大地增强了中国的国力，另一方面也大大提升了中国的国际形象和影响力。而其背后，则是无数人心血和汗水的付出，是不计其数的牺牲与奉献，凝聚着一代又一代科技工作者和建设者的辛勤劳作、勇敢拼搏和忘我奋斗。他们，是改革开放时代最美的奋斗者和追梦人。他们身上，闪耀着科学精神的璀璨光芒，集中体现了实事求是、追求真理、与时俱进的理性态度，勇于探索、团结协作、开拓创新的优秀品质，默默付出、无私奉献、科学报国的高尚情操。

"科技是国家强盛之基，创新是民族进步之魂。"今天，在我们将要迎来中华民族伟大复兴的光明前景的重要时刻，我们更加需要在全社会积极传播和普及科学知识，大力弘扬科学精神，倡导尊重科学、热爱科学的社会氛围。

2000 年以来，特别是近十年来，涌现出了一大批描写和反映中国制造、中国建造、中国"智"造方面杰出成就的优秀纪实文学作品，产生了广泛而良好的社会反响。但是，这些作品大多面向成人，为了让广大少年儿童能够更好地了解中国辉煌的建设成就，了解中国科技事业的长足进步和发展，了解中国乃至世界科技前沿的一些最新成果，我们特地邀请了多位著名的报告文学作家，本着深入浅出、生动好读的原则，创作推出一套面向少年儿童的"中国力量·讲给孩子的科技传奇"丛书。

这些读本具有丰富的知识性，亦有较强的趣味性、可读性和感染力。作家们通过生动感人的情节，讲述科学家们励志拼搏的故事，讲述中国科技前沿发展成就的故事，讲述中国日新月异、蒸蒸日上、不断发展的故事，传递中国精神、中国价值和中国力量，弘扬社会主义核心价值观。

"少年智则国智，少年强则国强。"我们希望这些生动形象的讲述，在增长少年儿童知识和才智的同时，能够潜移默化地带给他们思想的启迪和精神的熏陶，引领孩子们从小热爱科学、热爱祖国、热爱我们生活的这个时代，并且在未来的学习、生活和工作中，自觉投身建设祖国、服务社会的伟大事业，为实现千百年来中华民族的伟大梦想，做出自己的努力，贡献自己的一份力量。

为少年儿童创作有益有趣的作品，于作家们而言是一件十分愉快的事情。因此，在创作这套丛书时，作家们欣然接受并且高质量地完成了任务。对他们的辛勤劳作，我谨表谢意！长江少年儿童出版社投入大量的人力物力，精心制作，努力打造文化精品，这种举动亦令人敬佩，值得称道。

现在，我们把这套精美的丛书奉献给广大的少年儿童朋友，希望你们能够喜欢。

2020 年冬于北京

自序：让机器人梦想从这里起航

提到机器人，大家并不陌生，而且会立刻想起《电脑总动员》《萌宝战警》《飞天少年》《怪博士和他的机器人》《机甲大师》等许多动画片中的机器人。它们一个个不畏艰险，勇往直前：有的聪明胆大，用胆量与智慧战胜邪恶势力，保卫人类家园；有的忠诚勇敢，在主人陷入困境时，挺身而出，奋力营救……这些身手不凡的机器人为小观众们树立了一个个善良、正义、刚强、勇敢的形象，让人难忘。

对于小朋友来说，谁不想拥有一个属于自己的"咖宝车神"或"机甲大师"呢？谁不想成为赛尔号上的"阿铁打"那样的英雄，或像"飞天少年"一样实现自己的梦想呢？

不过，这些屏幕上的机器人都是动画形象，是设计师想象出来的。在我们现实生活中，有许多活灵活现的机器人，虽然它们还不像屏幕里的机器人那么神乎其神，但它们是科学家研究发明出来的、真正的机器人，能够帮助人类做许多事情。

比如，扫地机器人会把地板清理得干干净净；教育机器人能解答小朋友学习中遇到的各种问题，陪小朋友聊天、做游戏，是小朋友学习娱乐的好伙伴；送货机器人还可以代替快递小哥，把人们网购的物品送到家门口。

其实呀，还有好多机器人，我们不容易见到。它们有的在工厂里，代替工人从事各种各样的生产操作，制造工业设备和生活用品；有的潜入大海，探索海洋的秘密；还有的机器人登上月球，飞上火星，探索宇宙空间的奥秘。

2013 年 10 月，我国科学家研制的潜龙一号 6 000 米水下无人无缆潜水器，首次在太平洋完成了深海科考。潜龙一号就是一个水下机器人。2021 年 10 月 10 日，我国研制的海斗一号水下机器人，在马里亚纳海沟 10 000 多米的深渊，圆满完成了科学考察任务，取得世界级成果。

2019 年 1 月，我国研制的玉兔二号巡视器，随着嫦娥四号探测器首次实现了在月球背面降落。玉兔二号就是一个登月机器人。2021 年 5 月，我国首次发射的天问一号火星探测器，载着祝融号火星车登上了火星，还传回了火星的美丽照片。祝融号就是一个火星机器人。

这些机器人长相各异，它们像孙悟空一样，神通广大，非常聪明勇敢。它们都是科学家研究制造出来的，能够到达人类无法到达的地方，从事人类难以从事的工作。

如今，人类正在迈入机器人时代。将来，会有各种各样的智能机器人，不仅潜入大海，飞向太空，还会走进家庭，走到我们身边。它们可能在博物馆当解说员，在医院当护理员，在餐厅当服务员，在街道上当清洁员。机器人可以代替人们去做好多好多的事情，成为人类的好帮手、好朋友。

那么，中国机器人最早是怎样被发明出来的？它们像人类一样有自己的祖先吗？它们又是怎么成长的？它们也有自己的家族吗？它们的本事究竟有多大？将来它们会变成什么样子？机器人的背后又隐藏了多少不为人知的秘密呢？一起在这本书里寻找答案吧！

但愿，小朋友的机器人梦想从这里起航。

目 录
Contents

引子 / 001

第一章 少年心怀"巨人"梦

一 知耻而后勇 / 003

二 小小年纪立壮志 / 006

三 一心要做科学家 / 011

四 意外结缘机器人 / 015

第二章 机械手诞生了

一 遇到挫折不放弃 / 019

二 迎来科学春天 / 021

三 机械手研制成功 / 025

第三章 蒋新松和他的弟子

一 校园里的迷茫与向往 / 032

二 一篇文章的神奇魅力 / 036

三 "北漂"的学习生活 / 041

四 哪能一步登天？ / 045

第四章 海洋机器人走向深蓝

一 海人一号成功试水 / 050

二 南塔街114号的"机器门" / 053

三 造"人"之争 / 056

四 海人一号漫步深蓝 / 062

五 奋斗者号坐底马里亚纳海沟 / 068

第五章 祖国是"本体"

一 不服输的留学生 / 072

二 家书抵万金 / 077

三 赤子归来图报国 / 082

第六章 "小龙马"出国淘金

一 巧手"灵灵"亮相 / 087

二 一颗咽不下的苦果 / 095

三 "小龙马"首秀 / 098

四 出国淘金 / 103

第七章 新松基因

一 父之绝唱 / 107

二 用一种精神奠基 / 112

三 "小龙马"入伍了 / 116

四 突破"卡脖子"工程 / 120

第八章 风云际会

一 新松"上榜" / 128

二 对手临门 / 134

三 同台角力 / 141

四 海外历练 / 145

五 "超人"炫技：第一座智慧工厂
　　诞生 / 149

第九章 东方"巨人"在路上

一 新松新家族 / 156

二 盛典之夜 / 159

三 中国力挺机器人 / 163

四 机器人"大咖"群英荟萃 / 168

五 一个巨人在成长 / 173

六 新松求新：用智慧打造未来 / 176

结束语 / 181

中国机器人成长历程大事记 / 184

引 子

如今，人类正在迈入机器人时代，从人类古代的梦想到现代机器人诞生，经历了数千年。人类从最初发明工具开始就怀着一个强烈的愿望——通过发明创造，超越自身，完成人类自己做不了的事。机器人就这样应运而生。机器人作为人类的一个梦想，源远流长。

当世界上第一台工业机器人问世的时候，中华人民共和国刚成立十周年，中国人还不知道现代机器人为何物。半个世纪后，中国机器人已经站到了世界的舞台上，成为东方小"巨人"。

第一章　少年心怀"巨人"梦

知耻而后勇

中国机器人的故事要从一位科学家讲起。

那是 1979 年 8 月，全世界的机器人专家聚集在日本东京，参加国际上第一次人工智能研讨会。中国派出了四人专家组参加会议。

当时，日本在世界上属于机器人技术比较先进的国家。会议期间，主办方安排参加会议的代表到日本一家著名的机器人公司参观。中国专家组看到无人化机器人生产车间，感到十分震撼，车间里都是机器人在生产作业，几乎看不到工人。那时候，中国在机器人领域还是一片空白，没人见过这种场面。

参观结束后，中国专家组组长表示想向厂方购买机器

人，希望能够学习对方的先进技术。想不到，对方看了他一眼，非常轻蔑地说："你们会用吗？十五年内我们不打算与中国合作。"

这不是明目张胆地羞辱我们中国落后嘛！这句话深深刺痛了这位组长，他回应道："十五年后，你卖给我，我还不一定要呢！"

知耻而后勇。这位中国专家组组长心里很憋屈，但他是一个很有志气的人。从此，他下定决心要研制出中国自己的机器人。

历史就是这么喜欢开玩笑。十五年后，这位当年的组长不仅研制出了中国自己的机器人，还在某些技术领域实现了突破。这家日本公司还真的主动找上门，要与他谈合作。

那么，这个组长是谁呢？他就是被称为"中国机器人之父"的科学家蒋新松。

正是国外受辱的经历，激发了他研究中国机器人的念头。经过多年的苦苦探索，他终于取得了关键技术的突破，取得了一个个成功。

蒋新松一生为我们国家填补了多项机器人领域的空白，为我国自动化领域的快速发展做出了巨大贡献。古人道："若许轻捐便轻得，古来创业岂云艰。"哪有随随便便的成功？

蒋新松研究机器人经历了许多艰难曲折。中国机器人的成长过程也是科学家呕心沥血、开拓进取的过程。

如今，中国机器人已经站到了世界的舞台上。绚丽多姿的机器人遍布工厂车间，成为"制造业皇冠顶端上的明珠"；它们潜入深海，漫步天空，也渐渐走进我们的生活。

今天，我们在享受着科技文明的现代生活时，不能忘记那些在历史发展的关键时刻挺身而出，以敢于担当的精神改变历史格局和进程、奠定未来发展基础的功勋人物。

那么蒋新松是怎么与机器人结缘的？ 中国机器人是怎么成长的？ 这背后又有多少不为人知的故事呢？

小小年纪立壮志

唐代大诗人李白说过这样的话："虽长不满七尺，而心雄万夫。"蒋新松就是一个"志当存高远"的少年，从小就立志做一个"巨人"。

1931年8月3日，蒋新松出生在江苏省江阴县（现为江阴市）澄北镇北大街一个紧靠长江边的平民家庭。蒋新松有一个姐姐。尽管生活清贫，他的出生还是给全家带来了欢乐和希望。

父亲蒋振亭勤劳忠厚，在药铺当过学徒，也在皮鞋店做过职员。为了养家糊口，他不得不常年在外打工，家里的一切落在了母亲陆素文的肩上。

陆素文出身书香门第，知书达理，十分重视孩子的教育。她给儿子取名蒋新松，就是取自杜甫笔下的诗句："新松恨不高千尺，恶竹应须斩万竿。"她希望儿子能像松树一样茁壮成长，成为那千尺之高的树木，能够经得起风雨，将来成为国家的栋梁之材！

蒋新松出生的年代，战乱频发，社会动荡不安。1931年，日本帝国主义制造九一八事变，发动了侵华战争，东北三省很快沦陷，民族危亡的阴云布满中华大地，也笼罩着长江边这个普通的家庭。

1937年，日军发动全面侵华战争，中国军队奋起反抗。蒋新松跟着母亲和亲戚一起到扬州乡下避难。孩子们到了上学的年龄却不能入学，母亲就在临时寄住的地方教孩子们识字。蒋新松学到的第一个字是"国"，第二个字是"家"。母亲告诉他，"国"与"家"是连在一起的，没有"国"就没有"家"。在蒋新松的脑海里最早深深烙下的两个字，是"国家"。

1938年春天，蒋新松一家终于从扬州返回江阴老家，母亲陆素文返家后的第一件事就是安排孩子们到学校里读书。蒋新松天资聪颖，勤奋刻苦，成绩一直名列前茅，是班里的"学霸"。由于他连续跳级，十岁就小学毕业了。

毕业那天，蒋新松来到长江岸边，望着奔流的江水和飞

翔的鸥鸟，他的理想也张开羽翼飞向天空、飞向远方。他情不自禁地从书包里拿出毕业照，看着照片中的同学和自己，对未来充满了自信和憧憬。他意气风发地在照片背面写下了一行字："一个巨人在成长。"

这就是蒋新松少年时代的抱负——"巨人"之梦。

1942年秋天，蒋新松如愿考入当地最好的中学——江苏省省立南菁中学读书。他不仅喜欢数理化，也爱好文学，尤其喜欢阅读中外科学家的传记。有一次，老师布置了一篇作文《我的志愿》。他在作文中这样写道："我的志愿，就是长大后做一个像牛顿、爱迪生、哥白尼、爱因斯坦那样的科学家、发明家，成为国家的栋梁之材……"

可是，抗日战争刚刚胜利，国民党反动派又发动了内战，黎明前的江阴经济一片萧条，民不聊生。十五岁的蒋新松还没有读完高一，就因家庭经济困难不得不放弃学业，到一家纱厂当学徒，开始挣钱养家。

1949年，江阴在"百万雄师过大江"的风卷残云中迎来了新中国的灿烂阳光。新中国诞生了。阳光下的蒋新松兴奋不已，心中的梦想再次升腾。在母亲的支持下，他回到南菁中学，重返课堂。1951年，蒋新松以优异的成绩高中毕业，并考取了上海交通大学电机系，成为新中国培养的第一代大学生。

从此,蒋新松离开家乡,踏上了"巨人"追梦之路……

1952 年,蒋新松刚读完大一,因成绩突出,学校破格推荐他参加赴苏联留学的预备生统考,蒋新松顺利通过。他接到被录取的通知时,抑制不住内心的兴奋,立刻写信向母亲报告了这一喜讯。

母亲在回信中说:"新松,你没有辜负母亲的期望,全家都为你高兴。新中国建设需要人才。你要好好珍惜,不要骄傲,学好本领,报效国家。你前面的路还长着呢!无论遇到什么情况,都要持之以恒,不要放弃。只要坚持,就能成功。"

蒋新松的出类拔萃来自他的勤奋刻苦。此刻,他面前展现出美好无限的人生前景。可是,当他沿着梦想之路扬帆奋进时,命运之神竟然无情地给他狠狠一击。

蒋新松兴奋地来到北京接受短期俄语培训,准备赴苏联留学,却在体检中被查出患有肺结核!突如其来的打击让他心灰意冷,眼前一片茫然。他痛心疾首地呼喊:"天道如此不公!"他不得不沮丧地返回上海交通大学。

母亲得知后,来到他身边,用太阳般温暖的爱给他抚慰和鼓励,希望他学习松柏的精神,经得起风吹雨打。蒋新松

重新振作起来。在母亲的照料下，他一边调养身体，一边全身心地投入学习。在济南机床厂实习时，他成功地解决了多刀自动车床电器驱动系统存在的难题。他的毕业设计也被评为"优等"。

蒋新松以优异的成绩毕业，也渐渐恢复了健康。他暗下决心，一定要实现当科学家的梦想。梦想之舟再次扬帆起航。

一心要做科学家 三

1956 年夏末，蒋新松由上海交通大学电机系毕业后，如愿分配到中国科学院自动化研究所。虽然留学的理想没能实现，但来到北京搞科研，正是他梦寐以求的。幸运的是，蒋新松被安排在科学家屠善澄领导的科研小组从事数字计算机存储器研究。崭新的事业深深吸引着蒋新松。

屠善澄是一位了不起的科学家。1923 年，屠善澄出生于浙江省嘉兴市，1948 年 2 月赴美国康奈尔大学学习；1953 在美国康奈尔大学获博士学位，并留校任教。新中国诞生后，屠善澄一心想回国，实现科学报国的理想。彼时，美国为了封锁打压中国，不准中国留学生回国。1956 年，在多方努力下，几经周折，中国留美学生终于获得回国的正

当权利，纷纷回国参加新中国的建设。屠善澄也在其中。

屠善澄是我国著名的自动控制专家，他是我国自动化学会的创建人之一，也是我国人造卫星工程的开拓者之一。他在空间技术卫星控制系统等方面做出了重大贡献。

屠善澄严谨的学风、潜心钻研的精神深深地影响着蒋新松。蒋新松在后来的一篇回忆文章中这样写道："进了中国科学院的大门后，我才第一次把自己的命运和国家的事业联系在了一起。干国家大事，从此成了我终身追求的目标。"

蒋新松勤奋刻苦、工作出色，深得屠善澄的赏识，也赢得了同事们的敬佩。在屠善澄领导的科研小组里，蒋新松出类拔萃，和其他三名年轻的科学工作者被誉为研究所里的"四小才子"。

人生的道路上哪能都是一帆风顺的？

正当蒋新松潜心科学之海，奋力向未知领域探索的时候，他的理想又一次被现实击碎了。

1957年，蒋新松莫名其妙地卷进一起冤假错案，被下放到河北农村"劳动改造"。当时，他痛苦不堪。忠贞坚强的妻子不离不弃，写信安慰和鼓励他。他想起母亲曾经说过："你前面的路还长着呢。无论遇到什么情况，都要持之以恒，不要放弃。只要坚持，就能成功。"他给妻子回信说：

"无论多么艰难，我一定要实现当科学家的梦想！"尽管被"劳动改造"，他仍然坚持读书、学外语。他坚信，总有一天能回到科研岗位。

1962年，蒋新松的冤假错案终于平反昭雪，他重新回到中国科学院自动化研究所，全身心投入自己热爱的科研工作。

1963年10月，蒋新松被派到鞍钢参加冷轧钢板厂自动化的研制工作。他用学到的知识解决实际工作中遇到的问题，在实践中不断学习提高。由于扎实的理论积累和丰富的实践经验，他很快写出了在自动化领域具有国际水平的论文。幸运的是，他的论文得到中国科学院自动化研究所副所长杨嘉墀的赞赏，杨嘉墀还推荐其参加中国自动化学会的首届理论年会。

杨嘉墀是江苏吴江人，1941年毕业于上海交通大学，后来到美国哈佛大学留学并获得博士学位。杨嘉墀与屠善澄有着相似的经历。在美国留学时，他一心想学成回国，报效国家，却受到美国的限制。直到1956年，他才携妻女回到祖国怀抱，投入到新中国的建设事业中。

杨嘉墀是自动控制专家、中国自动检测学奠基人之一。回国后，他历任中国科学院自动化研究所副所长、北京控制

工程研究所副所长、中国空间技术研究院副院长兼北京控制工程研究所所长等职，是中国自动化学科、中国自动化学会和中国仪器仪表学会的创建人之一。1980 年 12 月，杨嘉墀加入中国共产党，同年当选为中国科学院院士（学部委员）。他是我国"两弹一星"功勋科学家。

1965 年，在杨嘉墀的推荐下，蒋新松应邀参加在瑞典召开的国际计量学会年会。由于特殊情况，蒋新松没有赴瑞典出席这次年会，但他提交的论文在大会上赢得好评。

正是杨嘉墀给他提供的这次机会，为他结缘机器人埋下了伏笔。

意外结缘机器人

四

　　1965年，蒋新松虽然未能前往瑞典出席国际计量学会年会，但是，出席会议的其他代表给他带回来一套会议材料。蒋新松如获至宝。他仔细翻阅这些资料，眼前突然一亮。

　　机器人技术的研究与应用在西方科技发达的国家已悄然兴起。蒋新松看到国外关于开展机器人研究的资料，里面有理论概述、学术文章，还有信息汇编，一下子引起了他极大的兴趣。从此，蒋新松与机器人结下了不解之缘。机器人成为他终身的迷恋。就在这一年，蒋新松由北京调到中国科学院辽宁分院自动化研究所工作，能拥抱自己热爱的自动化研究事业，他求之不得。蒋新松勤奋刻苦、专心致志，在工作中显示出非凡的科研能力，很快成为所里的专业

骨干。

1967年，鞍钢有一台冷轧钢机存在不能准确停车的缺陷，便向中国科学院辽宁分院自动化研究所求助。研究所派出科研攻关小组，由蒋新松任组长。他们来到鞍钢解决技术难题。蒋新松带领小组技术人员，经过研究分析，提出了解决方案，结果一次性试验成功。后来，这项成果获得中国科学院重大科技成果奖和中国科学大会重大成果奖。

蒋新松十分关注国外机器人的发展动态。当机器人在我国还是天方夜谭时，蒋新松已经开始了对机器人的研究。不久，蒋新松发现，在一份科技"内部刊物"里，"robot"第一次被译成了"机器人"。蒋新松凭着科学家的敏锐嗅觉，从国外传入的点滴信息中，意识到机器人的未来价值和意义。他用超前的目光与智慧为机器人迈入中国按响了门铃。

1972年8月15日，根据中国科学院指示，辽宁分院自动化研究所更名为"中国科学院沈阳自动化研究所"，并明确将科研方向转向自动化领域。机器人是在自动化的基础上发展起来的。就在这一年，蒋新松和另外两名科研人员联合起草了一份给中国科学院的报告——《关于人工智能与机器人》。这是中国科学家最早提出的研究机器人的建议，也是"机器人"概念第一次以正式公文的方式登上中国官方桌台。这份报告认为，研制机器人是未来装备制造业实现完全自动化的必然方向，也是一个国家工业发达强盛的重要标志。美国、日本等一些国家已经进入工业应用阶段，中国必须尽快起步。

没想到这份报告在研究所里引起了轩然大波。有些人根本不理解，甚至皱着眉头责问："机器人是什么？""难道洋人的今天，就是我们的明天？"也有人说："这是搞'花架子'。我们连机器人还没搞明白，就要造机器人，简直是痴人说梦！"这也难怪，那时的信息太闭塞了，在中国恐怕没有几个人知道机器人是什么。蒋新松无奈地摇摇头，哭笑不得。

蒋新松和另外两名同事不肯罢休。他们来到北京，四处奔走呼吁，试图说服有关部门人员支持开展机器人研究，依旧没有得到认可。一些不明真相的人还批评他们"胡来"。他们非常失望，只得无功而返。

机器人初到中国遭遇坎坷，科学家的梦想之舟也遭受风吹雨打。蒋新松不甘就此罢手。该怎么办呢？

第二章　机械手诞生了

一

遇到挫折不放弃

蒋新松与两位同事提出研究机器人的报告和建议，虽然没有得到上级有关部门的支持，然而，蒋新松并没有放弃，仍默默坚持研究。在那个科学技术落后的年代，蒋新松想研究机器人是多么不容易啊！

1977 年，作为中国科学院沈阳自动化研究所的代表，蒋新松被派往北京起草有关自动化学科的发展规划，并为筹备和出席 1978 年召开的全国自然科学规划大会做准备。

由于蒋新松在鞍钢技术改造中做出的突出成绩和贡献，他被推荐为主要执笔者，起草了我国自动化学科的发展规划草案，并在草案中再次提出研制机器人。

为了避免重蹈覆辙，大会召开前，蒋新松贴海报、办讲

座，先期宣传机器人的广泛用途和价值，让科技界更多的人士了解机器人，支持研发机器人。他四处奔走，不遗余力地大声疾呼："机器人将是人类进入 21 世纪具有代表性的前沿技术，如果我们失去了一个领域的科学技术优势，我们失去的可能就是一个时代。"

虽然也有人提出质疑，但大多数科学界人士赞成蒋新松的观点，尤其是屠善澄、杨嘉墀、王大珩和宋健等几位自动化领域的顶级科学家明确表态支持。

在蒋新松的极力争取下，研制机器人项目最终被正式列入 1978—1985 年国家自动化科学发展规划。

几经风雨，几经磨难，机器人终于获得了进入中国的"通行证"。中国科学院决定在下属的沈阳自动化研究所成立机器人研究室，蒋新松被任命为研究室主任。

在蒋新松看来，无论做什么事，没有"咬定青山不放松"的恒心和精神，是不行的。正如马克思在《资本论》法文版序言中讲的那段话："在科学上没有平坦的大道，只有不畏劳苦沿着陡峭山路攀登的人，才有希望达到光辉的顶点。"

二

迎来科学春天

　　尽管研制机器人项目被列入规划，但真正的机器人到底是什么样的，没有人见过；研发机器人从哪里下手，谁也说不清。一切都是空白。

　　当时，屠善澄、杨嘉墀、王大珩等一批自动化专家跟着钱学森已投身"两弹一星"的研究，中国机器人研究的重大课题被交给了中国科学院沈阳自动化研究所，也历史性地落在了蒋新松的肩上。蒋新松要在荒漠上走出一条路，这是一条孤独艰辛、前途未卜的路。

　　在艰难跋涉中，中国机器人终于迎来历史性的一刻。

　　1978 年 3 月 18 日下午，全国科学大会在北京人民大会堂隆重开幕。邓小平在大会开幕式上明确指出"现代化的

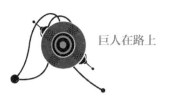

关键是科学技术现代化"，强调"知识分子是工人阶级的一部分"，重申了"科学技术就是生产力"这一英明论断。

全国科学大会是我国科学史上一次空前的盛会，在中国科技发展史上具有里程碑意义。这次大会，不仅确立了一个国家尊重知识、尊重人才的根本方针，也为中国未来的发展指明了方向，成为改革开放新时代的先声。

来自全国各地的 5 586 名代表出席了这次大会。邓小平强调：科学技术是生产力，从事体力劳动的、从事脑力劳动的，都是社会主义社会的劳动者……

历经磨难的科学家们在台下听得热血沸腾，好多人眼含热泪把手高高地举过头顶，双手拍得通红。

代表中最年轻的二十二岁，最年长的九十岁。科学家们激动地说："今天，我们科学界的春天又回来了。我们永远不会忘记这个日子！"

蒋新松在笔记本上动情地写道："这是人民的春天，这是科学的春天，让我们张开双臂，热情地拥抱这个美丽的春天吧！"

这年 10 月，邓小平作为中国国家领导人到日本进行访问，就是为了取经——考察学习日本的现代化。邓小平正在酝酿中国现代化发展战略。这次访问日本，是中国改革开放的前奏曲，成为中国开启新时代的一个标志性事件。

10 月 24 日下午，邓小平兴致勃勃地来到日产公司位于神奈川县的工厂参观。这座工厂刚引入机器人生产线，毫无争议地成为世界上自动化程度最高的汽车生产工厂。

在参观过程中，邓小平在一台形状奇特、正在进行自动焊接作业的机器面前停下了脚步。说"她"奇特是因为这台焊接机器像一位巧手绣娘，在生产线上舞动着"巧手"，穿针引线，眨眼间就把一台汽车的框架"缝制"得整整齐齐。陪同人员告诉邓小平，这是机器人。他微微一笑："机器人？"显然，邓小平对机器人产生了兴趣。

一位中国伟人在这里与机器人相遇。

当邓小平得知这家工厂平均每人每年生产 94 辆汽车时，他深有感触地说："噢，你们这个'人'不简单，人均年产量比我们长春第一汽车制造厂多 93 辆。"

这是个什么概念呀！人家一个人一年生产 94 辆汽车，咱们最先进的长春汽车制造厂只能生产 1 辆！这就是机器人的威力！

邓小平用一种伟人的智慧与幽默巧妙地讲话，随从人员会心一笑。面对机器人生产线高效作业的场景，邓小平说："这次访日，我明白什么叫现代化了。"

1978 年 12 月，中国共产党第十一届三中全会在北京隆重举行。这次大会开启了现代化建设的新时代、新征程。新时代、新征程的一个重要标志，就是解放思想，为各行各业、各条战线的快速发展打开一片新天地。

"忽如一夜春风来，千树万树梨花开。"中国机器人的春天来了，蒋新松的春天也来了。

1980 年 1 月 10 日，中国科学院任命蒋新松为中国科学院沈阳自动化研究所副所长。7 月 1 日，蒋新松等七名中高级知识分子加入了中国共产党。站在党旗前宣誓的时候，蒋新松高昂的声音不停地颤抖，他的眼睛湿润了。

阳光彻底驱散了他头上的阴霾。这一刻的荣光与尊严，像母亲那双温暖的手，将他过去经历的所有苦难与委屈，连同他内心深处留下的伤痕轻轻地抚慰，轻轻地熨平。

十天之后，中国科学院任命蒋新松为中国科学院沈阳自动化研究所所长，从而结束了建所二十多年来没有所长的历史。蒋新松清醒地意识到，他担当的不仅是一个所长的职务，更是肩上沉甸甸的责任。

机械手研制成功 三

1979 年 8 月，首届国际人工智能研讨会在日本东京召开，中国派出一个四人专家组。蒋新松任组长。就是在这次会议上，蒋新松见到了真正的机器人。日本在机器人领域发展很快，在全世界处于领先地位，并在工业制造中开始普遍使用机器人。当时，我们国家还没有起步，落后太多，差距太大。也是在这次会议期间，蒋新松参观日本一家机器人生产车间，表示想购买机器人，却遭到对方的拒绝与羞辱。被人瞧不起的滋味很难受。

日本的企业不愿意卖给我们机器人，其实，是对中国的技术封锁。没有捷径可走，蒋新松只能带领科研人员，一点点地摸索，艰难地前行。他鼓励研究所的科研人员："机器

人一直是我们的一个梦。不管有多大困难，我们也要搞出中国自己的机器人，建设中国的'无人工厂'。将来，我们还要让中国的装备制造走出国门，走向世界！"

话是这么说，做起来可没那么简单。机器人是世界尖端技术，中国既没有技术积累，又缺少这方面的专业人才；外国又对中国实行技术封锁。脚下的路该怎么走？

我国改革开放开启新时代，我国科技界的对外交往随之增加。在国际交流中，蒋新松也结识了一些国外科技界的朋友。1981年5月，在自动化领域已经颇具知名度的蒋新松，收到美国一所大学科研机构的邀请函，欢迎他到美国访问。

不久，蒋新松应邀来到美国，参观了这所大学的机器人实验室。他在这里看到了实验型的工业机器人。这台机器人看上去并不复杂，但它的控制系统，也就是核心技术是一流的，属于世界高科技水平的标志性产物。

美国是机器人技术起步较早、发展最快的国家。早在1954年，美国人乔治·沃尔德制造出世界上第一台可编程的机械手，并注册了专利。按照预先设定好的程序，该机械手可以从事不同的工作，具有通用性和灵活性。

1958年，美国人约瑟夫·恩格尔伯格创建了世界上第一家机器人公司——美国万能自动化公司（Unimation[*]），正式把机器人向产业化方向推进。他被美国人誉为"机器人之父"。

1962 年，美国万能自动化公司的第一台机器人产品龙尼梅特（Unimate）问世。该机器人由液压驱动，并依靠计算机控制手臂执行相应的动作。

同年，美国机床铸造公司也研制出了沃萨特兰（Versa-tran）机器人，其工作原理与龙尼梅特相似。一般认为，龙尼梅特和沃萨特兰是世界上最早的工业机器人。

在机器人技术的研发过程中，科学工作者纷纷转向具备感知功能的第三代智能机器人，第三代智能机器人逐渐成研发热点。20 世纪 60 年代中期，随着众多研究机构的加入和相应的技术进步，第三代智能机器人发展如火如荼。

1968 年，美国斯坦福国际研究所成功研制出移动式机器人沙基（Shakey）。它是世界上公认的第一台带有人工智能的机器人，能够自主进行感知、环境建模、行为规划等任务。

美国很快把机器人技术应用到航空航天和军事等领域，并掌握着全世界最领先的技术。

---

* Uinimation 是两个单词 universal 和 animation 的缩写，意为通用自动化。

　　蒋新松到美国访问，还考察了一家电器公司和一家先进的汽车制造中心，它们都是世界上一流的电子企业，采用了先进的机器人制造技术。

　　蒋新松大开眼界，深受启发。他意识到机器人在未来制造业中的巨大作用和价值，是工业现代化建设的方向。同时，他也看到了我国的工业发展水平与发达国家存在的巨大差距。

　　蒋新松心里清楚，沈阳作为中国先进的重工业基地，常被人们引以为傲，事实上它与国际上先进的制造业差了一个代际。这让他陡然增添了一种追赶先进技术的强烈紧迫感。

　　回国后，蒋新松向所里的同志们介绍了这次访美的见闻和感想。他说："我们不能再夜郎自大了，必须奋起直追。否则，在这个地球上，我们就没有当'球员'的资格了。"

　　在蒋新松的主持下，中国科学院沈阳自动化研究所在全国率先确定了研制工业机器人的方案。他一马当先，亲自担任组长，带领科研人员全力攻关。

　　研究机器人光凭着一股子热情还不够，还必须坚持科学的方法。当时的工业机器人由两大部分组成，一部分是包括关键零部件的硬件，另一部分是相当"大脑"的控制软件。为了建立模型和调整算法，设计出机器人的大脑，蒋新松经常通宵达旦，连续工作。几经苦战，蒋新松终于攻克了一个个技术难点，实现了核心技术即控制系统的关键性突破。

1982年，中国科学院沈阳自动化研究所研制出了我国第一台工业机器人——用计算机实现点位控制和速度轨迹控制的示教再现型工业机器人，可重复再现通过人工编程存储起来的作业程序。这台示教再现型工业机器人，于当年6月通过了国家组织的鉴定，获得了中国科学院科技成果二等奖。

至此，机器人踏上中国国土，拥有了中国标签。

事实上，按照现在的标准，彼时的机器人还算不上一个真正的"人"，只是一只机械手，仿佛一个"胚胎"，或者人的一只"胳膊"。它在预先编好的程序下，通过示教盒操作指令，能够自由地抓取东西。

虽说还没有完全"自理"能力，但它毫无疑问地成为我国的第一台工业机器人。

不要小看这只看起来比较笨拙的机械手，对当时的中国来说，这已经很了不起了，仅用了一年多的时间就走完了国外十几年走过的路程，实现了从无到有的跨越。

对此，蒋新松并不满足，他要把这个"婴儿"培养成"人"，转化成产品，走出实验室，应用到装备制造业，建

造无人工厂，为国家的经济建设服务，让科学实现真正的价值。

在中国科学院的积极推动和蒋新松的努力下，清华大学、哈尔滨工业大学等高等院校纷纷建立机器人实验室，许多科研单位相继投入机器人研究领域。

蒋新松充满信心地宣称："二十年后，让中国进入机器人时代。"

第三章　蒋新松和他的弟子

校园里的迷茫与向往

蒋新松为研究中国机器人不惜付出一切，同时，他也为培养机器人领域的科技人才倾注了大量心血。他培养了我国第一批机器人学研究生。

1983年，那是一个处处焕发着生机而又充满梦想的年代。北国的初夏本是凉爽的季节，却躁动着一群年轻人的热望。在长春地质学院美丽的校园里，一批学子即将完成四年的大学学业，兴致勃勃地畅想着人生的未来。

他们是幸运的一代，恰逢改革开放的春风，经历了高中岁月的沉淀，又顺利地踏入了大学的校门，成为新时代的宠儿。他们羽翼已丰、雏鹰展翅之际，正是一代天之骄子开始谱写春天故事之时，他们自然成为这伟大时代的希望与未来。

这群充满朝气的年轻人，站在人生的十字路口，早已按捺不住对未来的渴望，围坐一起，热切地讨论着将来的选择。他们憧憬着，用灵敏的思维触角伸向前方的天空，捕捉理想的小鸟。

然而，在这群热情洋溢的面孔中，有一位方脸亮眸的年轻人却显得异常平静。当同学们问起他毕业后的打算时，他拿出一本从学校图书馆借阅的《国外自动化》杂志，目光坚定地说："我要报考机器人学研究生。"

机器人？这个词汇对于当时的大学生来说，似乎还只存在于科幻世界中。许多人对此感到诧异，甚至有人怀疑这位同学的决定是否过于冲动。这位同学就是电子仪器系的应届毕业生曲道奎，一个典型的山东大汉，外表精干帅气，内心却充满了倔强和勇气。他是班里的棋牌高手，又是音乐、摄影爱好者，更是篮球场上不服输的健将。

对于这位全身释放着活力的年轻人来说，他的求学之路并非一帆风顺。高中时期，曲道奎上课很用心听讲。他的聪明才智和灵活的头脑总能让他的成绩在班里位居前列。

然而，1979年的高考，他并未如愿以偿地考入心仪的山东名校，而是被长春地质学院（后被并入吉林大学）录取。

理想与现实的巨大落差让曲道奎无法接受，他感到辜负了亲人和老师的期望。

当全家准备为他庆贺的时候，懊恼的曲道奎将所有的书本抛向空中，散落在家中的院子里。他的美好理想像受到惊吓的那窝小鸡，咯咯叫着，扑棱着翅膀飞出院子，而绝望却像地上的那些书本，依然躺在他的面前，不肯离开。

后来，在物理老师的鼓励下，他最终还是走进了这所由著名地质学家李四光创办的学府，开始了他的大学生活。

幸运的是，曲道奎被分配到电子仪器专业，他喜欢这个专业。对他来说，这是唯一的安慰。

曲道奎的大学时代是迷惘的。他的人生之舟随波漂荡，找不到未来的方向，只能通过各种娱乐活动来打发时间。学校的图书馆、杂志阅览室和校园附近的电影院成为他精神寄托的专属区。他的阅读漫无目的，无所不及，那些文学书刊和五花八门的国内外杂志则是他垂钓新奇的一片海洋。那时大学里流行"60分万岁"。每次测试，他在卷子上做满60分就交卷。四年的学习生活就像书页一样，很快地翻过去了。

随着大学毕业的临近，同学们纷纷憧憬着各自的未来。在那个时代，国家负责统一分配工作，大学生们不用为就业问题过分担忧。他们大都怀揣着实际的期望，希望进入好的单位。

在即将告别校园的最后时刻，曲道奎突然意识到不能再这样浑浑噩噩地过下去了。他要为自己的未来做出选择，要为自己的梦想而努力。

家人和亲朋好友都希望他被分配到山东老家工作，他却要继续求学。他毅然决然地选择了报考研究生这条道路。然而，研究生名额稀缺，报考者寥寥无几。

曲道奎一头扎进阅览室，翻阅各种资料信息，苦苦搜寻，确定考研方向。

一篇文章的神奇魅力

曲道奎上大学那时候，通信主要靠邮件，连电话都很稀罕。要掌握国外最新的科技信息，就要去图书馆查阅资料。国外期刊也不像现在来得这么快这么丰富。报考什么专业曲道奎也没有明确的目标和想法。他到图书馆、阅览室查找信息，寻找适合的研究方向和兴趣。报考机器人学研究生非常偶然，是因为他看到一篇介绍机器人的文章。

在曲道奎看来，"机器人"这三个字几乎对每一个男孩子都会产生刺激，它像一条射线，只要稍微触碰它，就会有一种能直接打到你骨子里面的神奇力量。

"对！就报考机器人学研究生。"

当曲道奎向同学们宣布自己的决定时，他们都感到惊讶和不解。这在当时看来确实是一个新颖且富有挑战的选择。

只见曲道奎笑嘻嘻地打开手中的一本杂志，把一篇文章展示给大家，并得意地说："要学就学新学科，要干就干点新鲜事。机器人肯定好玩。"这篇文章的标题是《机器人与人工智能考察报告》，作者是蒋新松。

蒋新松的这篇文章如同一颗种子，在曲道奎心中生根发芽，激发了他对机器人的浓厚兴趣。

那时，在我们国家，机器人毕竟是一门新兴的学科。曲道奎的决定虽然充满了未知和挑战，却也充满了希望和梦想。

幸运的是，那年中国科学院分配给蒋新松招收两个机器人学研究生的名额。有了这个机会，曲道奎便毫不犹豫地报考了这个专业。

热爱产生动力。目标一旦确定，曲道奎一改往日漫不经心的学习态度，夜以继日，火力全开，开始了考研复习的全面冲刺。几个月的时间，既要复习多门学科，又要自学现代控制理论。可以说备考阶段是曲道奎四年大学生活最紧张、最充实的一段时光。

当收到录取通知的那一刻，曲道奎激动不已。他迫不及待地赶到中国科学院沈阳自动化研究所，想要见见自己

的导师蒋新松。然而，由于蒋新松经常外出讲学、出席会议，曲道奎这次未能见到他。不过，家住沈阳市铁西区的一位同学带他参观了铁西区。他被这座东北工业重镇的高大、恢宏与豪迈所震撼。

彼时，铁西区到处是高耸的烟囱和鳞次栉比的巨大厂房，机械轰鸣，钢花飞溅，人流如织，车辆如梭，好一派热气腾腾大生产的壮观景象。

沈阳铁西确实不一般。东北老工业基地曾是新中国工业的摇篮，辽宁是老工业基地的缩影。沈阳作为一个以机械制造业为主的工业城市，成为新中国建设的重中之重。受到世人的瞩目与艳羡。

在学校里，沈阳的同学一谈起家乡就眉飞色舞，以铁西为豪。

第一次看到如此壮观、处处涌动着生产热潮的场景，曲道奎不禁赞叹道："这么多工厂，这么大个的厂区，简直就是一座城！"他的同学对他考上研究生既羡慕又不理解，问他："你整机器人那玩意儿有啥用？"

曲道奎突然想起蒋新松那篇文章中的一句话："机器人就是将机器'人'化、智能化。"如果这里的机器变成了"人"，那该是一种怎样的景观？曲道奎的眼前幻化出一个个神奇的场景。

"哎！你想什么呢？"同学见他凝神而思的样子，撞撞他的胳膊问道。曲道奎笑着说："这么多人一天到晚都围着机器转，多辛苦呀！如果把机器变成'人'，替人干活儿，多好啊！我在这里搞机器人，不仅找对了路子，也找对了地方嘛！"

曲道奎第一次见到导师，是在蒋新松的办公室里。师生之间展开了一段很有意思的对话。

"为什么要学机器人哪？"蒋新松看到面前的学生双目灵动，嘴角翘起，总是挂着微笑。一个人的心态是会表现在面相上的，曲道奎生性乐观。

"我读过你的文章，喜欢这个专业。"他回答说。

"好啊，喜欢是最好的老师。有最好的'老师'还不行，关键是做最好的学生。"他的目光威严，仿佛一束微粒子射线穿过对方的躯体。

年轻人毕竟嫩了点，学生有些不自在，收起了笑脸。不过，学生年轻气盛，骨子里有一种初生牛犊不怕虎的天性，在学校里就喜欢挑战权威。他挺了挺腰板，郑重地回应道："只要有好老师，就会有好学生。请老师放心，我会努力的。"

老师的目光中闪出一丝不易察觉的惊异，他对学生个性的回答感到很意外。老师的目光像被炉火熔化的金属丝，立刻带着温度柔软下来。他喜欢这种爽快的个性，很像年轻时的自己。

曲道奎挑战成功。老师兴奋起来，滔滔不绝地上了第一课："你知道吗？机器人学不是一般的学科，是当今世界上最前沿的科学技术。它未来的方向就是将工业生产制造的机器人化、智能化。美国、德国、日本和其他一些发达国家在这个领域走在世界前列。谁掌握了机器人尖端技术，谁就占领了世界高科技的制高点。我们中国差得很远哪！要奋起直追，赶超他们，国家才有希望……"

就这样，曲道奎成为蒋新松的第一个学生，开启了他的机器人学研究之路。

"北漂"的学习生活 三

第一次见面，曲道奎就被导师的独特魅力深深吸引了。他发现蒋新松讲课与一般老师有所不同。他不是单纯地讲某个专业、学科的知识技术。那些基本的知识他让你自己看书，自己学习。他讲的更多的是学科领域的大概念，学科未来的发展前景。中国科学院沈阳自动化研究所下一步要怎么布局，有哪几大方向。

"他这种教学方式对我后来的思维方法、做事方式影响很大。"多年之后，谈起导师蒋新松，曲道奎深有感触地说，"更可贵的是，导师利用国内外的见闻和科学家的故事激励我们，向我们灌输一种科学精神。这种精神就是在科学研究探索中，骨子里要有不服输的劲头，要有执着的韧性，不

怕冒险。"

蒋新松仿佛用思想的光辉在曲道奎前行的路上投射一道亮光，为他照亮未来，让他终身受益。

蒋新松经常出国考察了解机器人发展动向，他一回来就给大家讲国外最新的东西，大家听了都觉得很新鲜，周围的人都很敬佩他。

让曲道奎感到不满足的是，在中国科学院沈阳自动化所学习研究机器人，没有现成的教材和专用实验室，可供参考的资料少得可怜，有的书刊是多年前出版的，相对比较滞后。曲道奎很快把能找的资料全都看遍了。虽然听老师讲课觉得新鲜，但他感到"饥饿感"越来越强烈。

1984 年，蒋新松被清华大学聘为兼职教授，经常到清华大学和北京大学讲课，他把学生也带去听课。曲道奎还经常跟着导师参加国内外的学术交流会议。他利用这些机会，收集资料回来研究，不断地触摸机器人领域的前沿理论和技术、发展动态和趋势。

后来，蒋新松又分别被上海交通大学、中国科技大学、西安交通大学等多所高校聘为兼职教授，并担任中国自动化学会、中国机器人协会、中国人工智能协会副理事长，国际自动控制联合会（IFAC）生产组织专业委员会委员。

随着机器人在国内升温，蒋新松经常到全国各地讲课、作报告，或是出国考察，为推动机器人在国内的研究与发展四处奔波。但只要回到北京，他就会把学生叫来，了解学习进展情况，并给学生讲课。

"他更多的是谈全球发展趋势、最新的发展方向，不仅是机器人领域，也包括他所了解的其他领域。他讲起来绘声绘色，声音极富磁性，很生动，很吸引人。"曲道奎回忆说，"有一次我印象很深。他出国回来，用大手比画着，很有激情地说，将来，我们中国的机器人要像美国、苏联那样，上天、下海；要像日本和德国那样，在工厂里奔跑。听他讲课很开眼界，是一种享受，有一种春风拂面的清新感，仿佛是一次精神上的深呼吸，学术理论上的营养餐。"

当时搞机器人不像现在，那时候搞机器人研究的人很少，是一个冷门。从大的方面来说，机器人属于自动化学科领域研究范畴，它是跨学科的，包括机械学、信息学、控制学等学科。我国学术界还没有建立起机器人学理论体系，都是从国外碎片化的信息中搜集、归纳、整理资料。曲道奎在蒋新松的指导下，进行学习研究，多数情况下，到一些大学里蹭课听，或到一些学术会议上旁听，收集资料回来研究。会议论文和资料很珍贵，能买到但买不起。曲道奎只

能借来复印。有时，蒋新松从国外或国内的一些会议上给他们拿回来一些最新的资料、文章，他们如获至宝，复印整理，用作教材。

其实，在北京"漂泊"的学习生活是很艰苦的。但是，曲道奎的收获很大。通过系统地学习研究，曲道奎一方面对机器人前沿理论有了全面了解；另一方面对机器人技术发展脉络做了全面梳理，为深入研究打下了坚实的理论基础。

两年之后，曲道奎以出色的成绩完成研究生学业，进入中国科学院沈阳自动化所刚刚建成的"中国科学院机器人学开放实验室"工作，成为科研骨干。

哪能一步登天

四

　　曲道奎是我国培养的第一批机器人学研究生，蒋新松把他安排到"863计划"机器人课题组，直接担任组长。曲道奎的研究方向是机器人控制方法，属于机器人最核心的技术，也就是机器人的"大脑"。这项技术最初被称为机器人的"自适应控制"。"自适应"就是能够主动适应周围作业环境的变化，实现自我感知控制，相当于把一个没有智能的机器人向有智能的方向发展一步。

　　回想起那段经历，曲道奎脸上洋溢着幸福的神情。"那时候，我们学习很单纯。相对来说，娱乐比较少，诱惑也没有现在这么多，环境也确实能够让人沉下心来做学问。另外，那时搞研究的大学生本身就少，研究生更是凤毛麟角，

所以自己有一种自豪感、荣誉感和责任感。何况，又承担了国家'863计划'课题。机器人课题又是自己比较喜欢的，有动力也有激情，不用扬鞭自奋蹄。"

曲道奎全身心投入课题研究，他的脑海中满是关于机器人"大脑"——如何构建机器人自适应"神经元"的设想。他的科研之路走得如此投入，以至于他几乎忘却了周围的世界。然而，不久，曲道奎内心生出一个异样的念头，这个念头像是一只躁动不安的小兔子，在他的心中跳跃，使他忍不住四处张望。随着时间推移，这只小兔子逐渐成长为一匹脱缰的野马，时常失控。原本蒋新松赋予他的课题，在不知不觉中偏离了预定的轨道。这匹野马最终走上了另一条道路，远离了老师指定的方向，自由自在地奔跑。

与其他学者稳步向前的态度不同，曲道奎的科研道路显得别具一格。蒋新松原本为曲道奎设定的研究题目是CIMS*与机器人控制的深度融合，旨在研究机械手在CIMS中的实际应用，解决机器人"芯"的问题。曲道奎却搞起了机器人双手协调控制，奔着"脑"的方向去了。

当时的机器人就像人的一只手一样，是一只机械手。但

---

* CIMS是英语Computer Integrated Manufacturing System的缩写，意思是计算机集成制造系统。

是，单手有很多限制。曲道奎认为，就像人一样，一只手很多事都做不了，两只机器人手协调起来就可以做好多动作。就像打篮球、拉小提琴一样，双手既可以分工，又可以协作，才能完成某种任务。只有双手工作起来，才真正像个"人"。所以，曲道奎在研究机器人的控制"神经元"时，就搞起了机器人双手协调控制的研究工作。

然而，这一目标的实现并非易事，需要从算法和建模等基础工作做起。在当时的技术条件下，这一领域的研究还面临诸多挑战，国内外都鲜有先例。曲道奎需要解决一系列问题，如：两只机器人手如何协调、感知系统采用何种技术等。

曲道奎总是充满奇思异想，他渴望通过创新的研究成果给老师带来惊喜。尽管这种科学精神值得赞赏，但当他的研究方向与导师的预期相去甚远时，蒋新松不禁皱起了眉头。

"还没学会走路就想跑。"蒋新松严厉地指出，"一步登天是不可能的！"曲道奎以为老师会大发雷霆，狠狠地教训他。然而，蒋新松犀利的目光柔软下来。也许他想起了自己年轻时的冲动和追求，也许他看到了曲道奎身上的潜力。科学需要这种挑战精神。于是，他鼓励曲道奎要踏实前行，从基础做起。

曲道奎逐渐发现，导师蒋新松是一座难以逾越的高峰。当课题小组遇到建模难题时，蒋新松总能迅速为他们推导出算法公式，轻松解决问题。这让曲道奎深感敬佩。

曲道奎回忆道："蒋老师不仅在科研上给予我们巨大帮助，他在生活中也是一个多才多艺的人。"一年春节，蒋新松邀请几个学生到他家吃饭，亲自下厨做了一桌子好菜。他在家里还常常缝缝补补，甚至会织毛衣。这样一位科学家还能如此热爱生活、擅长家务活，让所有人都对他敬佩不已。其实，许多科学家都像蒋新松一样，既是各自领域的佼佼者，也是懂生活、会生活、热爱生活的"暖男"。

曲道奎的爱好是体育运动，因此他在研究机械手时，便思考如何让大脑的"神经元"控制双手协调运动。尽管当时的技术条件尚不成熟，但在老师的指导下，他调整了研究方向，重新回到了原定的课题。经过不懈努力，1988年，曲道奎负责的机器人研究课题成功通过了中国科学院组织的验收，成为"七五"期间的一项重要成果。为此，沈阳自动化研究所受到了中国科学院的表彰。

第四章 海洋机器人走向深蓝

海人一号成功试水

20世纪70年代末，在一次国际人工智能大会上，日本专家宣称，他们研究的水下机器人成功地下潜到千米以下，正在研制的海沟号水下机器人，正向万米以下的马里亚纳海沟冲击。

水下机器人属于特种机器人，用于水下探测、开采和海洋作业。蒋新松心中深感忧虑，这意味着中国没有海洋探索的话语权。

虽然水下机器人应用的范围和市场没有工业机器人那么广泛，但对我国来说，能够替代人在高温、高压、深海等极为恶劣的环境中作业的特种机器人非同小可。

我国海洋国土面积约300万平方千米，约为陆地面积的三分之一，其中还有部分海洋国土存在争议。中国面临着激烈的海域划界争端。

中国如何才能在这一领域里填补空白？

蒋新松带着调研组，奔波国家十多个部委，二十多个省市，多次出国考察。1979年，蒋新松提出把"智能机器人在海洋中的应用"作为国家重点课题，并选择水下机器人作为中国发展机器人的"突破口"和攻坚目标。

1980年，蒋新松出任中国科学院沈阳自动化研究所所长，并担任"智能机器人在海洋中的应用"项目总设计师。只有找到应用项目，才能打开课题研究的突破口。

恰在这时，南海传来一则消息，那里蕴藏着丰富的油气资源，具有巨大的开发价值和可观的前景，更重要的是，南海的海洋安全对于国防安全具有极其重要的战略地位。

蒋新松抓住机遇，多次赴南海考察，了解到开展海上施救或者开采石油，常常要潜到水下20米，而水下20多米处已经很难看清目标，如果到50米以下，那里完全被黑暗所笼罩，海底作业只能在黑暗中摸索，而且深水作业极易造成人身伤害。除此之外，人工水下作业的成本也极为高昂。

当时潜水员水下呼吸一分钟所需的费用相当于一克黄金。因此，研究水下机器人迫在眉睫。

　　水下机器人是一项跨学科、综合性的高新技术，面临许多前所未有的技术难关。蒋新松带领科研人员经过无数次的试验攻关，破解了一道道难题。

　　1985 年 12 月，中国第一台水下有缆机器人样机在大连首次试航成功，并深潜 199 米，能灵活自如地抓取海底指定物。这台机器人被命名为海人一号。

　　这一零的突破具有划时代意义，为我国机器人研究与应用奠定了基础。但是，海人一号与世界先进水平的机器人仍然差距巨大。别无选择，中国科学家们唯有继续奋起直追。

二

南塔街 114 号的"机器门"

1985 年初，蒋新松又一次应邀到美国访问。他到圣路易斯的一些制造业工厂里参观，看到的完全是另一番情景。美国的工厂不仅实现了计算机对生产制造流程的自动控制，企业的整个管理与生产流程也由计算机联网实现了一体化运行，再加上机器人生产线的应用，整个就是一座地地道道的无人化工厂。与之相比，我们仿佛还停留在"刀耕火种"的年代。这一切让蒋新松有种"天上一日地上一年"的感觉。

蒋新松心中更加忧虑，这样下去，我们给人家提鞋都摸不着鞋后跟哪！

科学无国界，这是科学家们秉持的一种职业理念，但在现实世界中，科学家有国界。一旦科学成为国家博弈的法

器，科技场将是一方看不见硝烟的战场。发展中的中国在国际科技竞争中显然处于不对等的劣势地位。面对种种歧视和封锁，中国的科技发展如何加入全球的科技体系、跻身世界前列？

世上没有救世主，改变命运只能靠自己。严酷的现实给出的答案只有一个：中国科学家只有在困境中奋起直追，才能抢占科技制高点。

回到国内，蒋新松立即向国家科学技术委员会（简称"科委"，现为科学技术部）的领导建议，中国必须紧紧跟上世界先进科技水平，发展自己的高科技。

在蒋新松的积极争取下，中国科学院批准在中国科学院沈阳自动化研究所建立"机器人示范工程"实验室，为机器人研发提供必要的设施和环境。

1986年7月9日，"机器人示范工程"奠基仪式在自动化研究所选定的新址——沈阳南塔街114号隆重举行。

这一天，"机器人示范工程"正式落户这片充满智慧与活力的热土，标志着我国自动化及机器人技术研究开启了崭新的篇章。

中国科学院沈阳自动化研究所所长蒋新松，满怀激情与憧憬，将全部心血倾注于这一宏伟工程。他深知，机器人技术作为未来科技发展的重要方向，对于提升国家综合实力、推动产业升级具有不可估量的价值。因此，他决心以沈阳自动化研究所为基地，打造国内领先的机器人技术研发与示范平台。

为了展现中国科学院沈阳自动化研究所奋斗的决心和目标，蒋新松别出心裁，专门把大门设计成机器人造型。中间的圆柱是机器人的本体，上面两个圆圈是一双大眼睛；胳膊伸开，小臂下垂到地面，形成一边进一边出的通道；一身亮白，格外时尚、醒目。几十年过去了，如今，这个造型独特的大门已成为中国机器人发展的标志物。

也是这一年，中国科学家迎来了"863 计划"，迎来了我国高科技发展的新时代。中国机器人乘势而上，进入繁荣发展的时期。

造"人"之争 三

在那个风起云涌的时代，世界高科技的迅猛发展如同一股不可阻挡的洪流，席卷着全球每一个角落。面对这样的全球趋势，许多国家为了在国际竞争中占据有利地位，竞相制定战略规划，将高技术列为国家发展的重中之重，并投入巨额资金，组织庞大的科研团队，不惜一切代价推动高技术的研发和应用，以期在国际竞争中占得先机。

在这波科技发展的热潮中，中国科学家们深知，尽管我国在高技术领域取得了一定进展，但与发达国家相比，我们仍存在着明显的差距。

面对这一紧迫的现实，王大珩、王淦昌、杨嘉墀和陈芳允四位德高望重的科学家以敏锐的眼光和深厚的学识，深刻分析我国科技发展的现状和挑战，联名写了一份题为《关于跟踪研究外国战略性高技术发展的建议》的报告。1986年3月的一天，这份报告被郑重地递交给了中共中央。

根据这份建议，我国制定了《高技术研究发展计划纲要》，并以四位科学家给中央写信的日期命名为"863计划"。一个伟大的计划就这样诞生了！

"863计划"是国家长远的科技发展规划。由于国家投入资金毕竟有限，哪些主题能列入其中，必须严格论证，精心筛选。

蒋新松被推荐为专家论证组自动化分组的召集人。要把中国机器人推升到国家科技发展战略的层面上，必须纳入"863计划"。

彼时，国外机器人技术应用发展迅速，但科学界对机器人的认知仍然是雾里看花。蒋新松向与会者介绍机器人生产制造的基本原理，并阐述这一工业制造将成为引领世界产业革命发展的大势趋。但不少人对他的观点仍持怀疑态度。而且，一个突出的现实问题摆在面前：中国的改革开放刚刚起步，丰富的人口资源面临上岗就业。有人提出，这时候发展机器人适宜吗？符合中国国情吗？

伟人的伟大之处就在于比别人站得高，看得远。蒋新松

的过人之处在于他有"视野超视距"的眼界。

他清醒地认识到，科技水平的发展是一个长期积累的过程，不可能一蹴而就。现在不着手，将来需要了再起步，为时已晚，就跟不上了。在那个年代，不少人对国家科技发展战略思考与宏观管理知之甚少，对国家为什么要动用较大的财力与人力去发展机器人并不理解。一些政府机关和企业对机器人技术的作用和价值也不清楚。

为了能把机器人列入"863 计划"，蒋新松跑遍了中国科学院所有部门和国家有关部委，苦口婆心地讲解机器人在装备制造业中的地位、作用、价值和对于民族工业、国家经济发展的重要意义。

在那半年多里，蒋新松四处游说，逢人便讲，有不少人笑话他着魔了；也有人说他搞的是科幻。

蒋新松锲而不舍，韧劲十足。有人曾经见他提着复印的一摞摞资料，送到国家机关相关部门，人家办公室里没人，他就把资料塞到门缝里。

向人们灌输一种理念是一项艰难的工作。一开始没人理蒋新松这一套，他坐了不少冷板凳，也闹出不少笑话。

有人听说他搞机器人，就说："机器人是啥玩意？ 外国有科幻电影，你是要拍科幻电影吧？"

也有人说："中国到处是人，都下岗了。你老人家还搞什么机器人呀！"

专家评审委员会的成员也有很大的争议。有人认为，高新技术是智力和资本密集型产业，中国改革开放，经济刚刚起步，哪有资金去搞机器人。甚至，在一次评审论证会上，一位评委用一种调侃的口吻向蒋新松提出质疑："现在，国家搞计划生育，娃娃都不让多生了，你怎么还搞机器人？"这话随即引起一片笑声。

"正是因为娃娃少生了，将来才需要机器人。"蒋新松噌的一下子站起来，把大家吓了一跳。只见他舞动手臂，情绪激昂，声若洪钟："你想想看，将来人少了，劳动力少了，谁来干活？尤其是那些高温、高压、深海、有毒等对人有危害的工作环境，'极限作业机器人'能够代替人去干人所不能干的工作，在国内外都有一定的市场。说不定，将来你老了，还要机器人来伺候。所以，我们必须现在就开始造'人'。到缺'人'的时候，再造'人'就来不及了。"

"看来，老蒋说的还真有道理。"有人听了点点头。

"既然我们将来需要人，还搞什么计划生育？干脆还是'人造人'——多生几个娃娃不是更好？""造娃派"和"造人派"打起了口水仗。

有时，科学家们很像一群顽皮的孩子，常常把一个严肃的问题调侃成笑料。

"机器人是机器，不是人。不像人需要那么大的生存成本和对资源过多的消耗依赖。这是个'小儿科'问题，还需要上基本理论课吗？"蒋新松据理力争。

科学精神强调实践是检验真理的标准，要求科学家用一种严谨的科学态度，对任何人所作的研究、陈述、见解和论断进行实证和逻辑检验。科学家们的思维与众不同之处在于他们喜欢用反向思维向权威提出挑战，来论证一种理论正确与否，保证科研课题或项目在科学机理上立得住，行得通。这是可行性论证的基本途径，也是科学的方法论。

几位科学家的冷幽默并没有让蒋新松的热情冷却下来。他依然是机器人的超级粉丝。他冷静下来，耐着性子向大家讲解："你们知道吗？ 十年前，美国人就把机器人送上太空；五年前日本人就有了无人工厂，他们的海洋机器人可以在深海里耀武扬威，钻到我们的海域里，我们毫无办法。我到日本买机器人，遭到拒绝。他们说，十五年内不会与中国合作。"蒋新松说着说着又情不自禁地激动起来。他慷慨陈词："现在，那些发达国家都在这个领域里花大本钱，开展竞争，并对我们封锁。中国怎么才能加入全球科技体系？ 我们再不干起来，就会被人家甩得越来越远，我们给人家提鞋都不够格……"

蒋新松本来是个富有浪漫情怀、率真快活的人，那些日子，他脑门上总是拧成一个疙瘩，一肚子忧虑和心思。一般人很难理解他。好在蒋新松的语言表达能力很强，他总能从不同的角度因人而异地切入你的兴趣，然后慢慢地吸引你、说服你，最后打动你、征服你。他终于赢得了人们的信任，大家渐渐接受了他的意见。

在激烈的思想交锋和观点的碰撞中，蒋新松逐渐占了上风，赢得了许多专家的赞同。

"老蒋啊，我投你一票。等我老了，你可要弄个机器人来伺候我啊！"

事实上，没有人怀疑蒋新松在这个领域里的绝对权威和他那"视野超视距"的眼界，何况他始终怀着一颗火热的科技报国之心，兴国之心，民族富强之心。

功夫不负有心人。蒋新松力排众议，说服了大家，智能机器人（Advanced Robot）终于被列入"863 计划"。

海人一号漫步深蓝

四

20世纪80年代，美国人、苏联人和日本人凭借手里攥着可以深潜到6 000米的水下机器人，常常游弋大洋，窥探海底秘境，争相炫耀在海洋世界的霸主地位。

中国的水下机器人技术虽说无法与美、苏、日匹敌，但也不是空白，已经有了很好的基础。

"七五"期间，蒋新松带领他的科技团队马不停蹄地向水下机器人技术高峰进军，追赶世界水平。他亲自担任机器人产品开发课题总负责人，坚持在现有的技术基础上走消化、吸收、创新的技术路线，并与美国的佩里海洋研发机构建立了技术转让及合作关系。

蒋新松带领科研团队经过持续不断地攻关，成功地开发出系列水下机器人产品，其中包括深潜 100 米及 300 米的两种轻型水下机器人列装部队。接着，他主持水下机器人探索者一号的研制，用于我国海上石油开发，解决了国家急需，并出口国外。1987 年，探索者一号获中国科学院科技进步二等奖。与此同时，中国科学院沈阳自动化所建成了国内唯一能提供水下机器人系列化产品的生产基地。

我国的海洋机器人尽管在某些方面实现了一定突破，但蒋新松的目标参照系始终是国际水平。只有世界领先，才有资格与强者对话。

蒋新松被任命为"863 计划"自动化领域首席科学家、自动化技术领域组长。为了捍卫国家的海洋权益，尽快实现深海探测能力，在制定"八五"计划时，他充满信心地向国家科委立下军令状：到 2010 年，要让中国海洋机器人潜到 6 000 米以下，达到世界海洋机器人一流水平。

蒋新松组织国内力量继续研发，很快研制出中型水下探测机器人（RECONIV）。当时，生产了 6 台，3 台销往国外，3 台在南海平台服役。第一台服役长达七年。这项课题成果获国家科技进步二等奖。

水下机器人的研制，是一项综合性的高技术，它包括了深潜技术、密封技术、自动控制以及声呐、电视、电话、信

息传输、液体控制等复杂技术。根据当时我国的技术水平，每前进一米，都要面临许多关键性技术的突破。要在 20 年内实现深潜 6 000 米这个目标，究竟有多少胜算？一切都是未知数。

国际时局的变幻为中国水下机器人研制提供了一次历史性机遇，蒋新松选择了一条"非常规"路线。

1991 年初，苏联面临解体，苏联远东海洋自动化研究所遇到了生存危机，他们有意把海洋机器人深潜技术转让出去。这个信息在蒋新松机智的脑屏上立刻反射出精美的图案，如果能与苏方合作，我国深潜 6 000 米的海洋机器人就可一步到位，这是一次千载难逢的机遇。回国后，他立即开始这一合作的运作。

苏联远东海洋研究所的专家来到中国科学院沈阳自动化研究所与中方谈判。经过两天的艰苦磋商，苏联专家对中方提出的条件始终不松口。他们认为，蒋新松出钱太少，自己苦心经营多年的成果竟然收不回本来，这太亏了。

这次合作对双方都很重要，一个想解决吃饭问题，为生存救赎；一个想借势追赶世界一流，为强大抗争。蒋新松捂紧口袋，是因为国家的外汇也是有限的。由于难以满足对方的胃口，双方谈得十分艰难，迟迟达不成共识，谁都不肯让步。谈判进行到第三天下午，苏联专家摇摇头起身要走，眼看谈判无果而终，蒋新松突然作出一个出人意料的决定：打开水下机器人实验室请客人参观。

当时，有人不理解，这不是把自己的底牌亮出去了吗？是的。蒋新松就是要把这张底牌当作一张王牌来打。

蒋新松带着苏联专家走进实验室。他们看到中方完善的设施和试验产品时，一脸惊叹号，态度立刻发生了变化。当天晚上，他们从宾馆里打来电话说，明天不走了，还可以再商量。

苏联专家看到中国科学院沈阳自动化研究所里的实验室，感到中方研发深潜 6 000 米机器人已经具备了充分条件，只是个时间问题。如果失去了这次机会，他们很难再寻找到合作伙伴了。他们决定出手自己的技术。

就这样，中国科学院沈阳自动化所与苏联方面决定合作。研制深潜 6 000 米的无缆水下机器人的项目很快启动，蒋新松指导并参加了总体初步设计，提出了完整的动力学分析及各种情况下的航行探制方案。

这个消息传到日本人的耳朵里，日本的两个专家悄悄来到中国科学院沈阳自动化研究所，希望在水下机器人方面与中国合作。日本研制的海沟号，已在关岛附近成功地下

潜 7 000 米，正向马里亚纳海沟底部冲刺，在世界上可谓首屈一指。

但是，中日之间一直有着领海之争，双方合作研发海洋机器人，结局难料。蒋新松委婉地拒绝了。更何况，中方已经胜券在握。

1995 年新研发的海人一号无缆水下机器人，由广州启程赴太平洋进行深潜 6 000 米的试验。

遗憾的是，蒋新松在海人一号的研发中，由于过度劳累病倒了。在海人一号搭乘试验船起程前往太平洋海域试验时，他坚持来到码头为海人一号送行。

蒋新松登上试验船，轻轻拍了一下海人一号的脑袋，像抚摸着自己的孩子，深情地说道："小家伙，对不起了，不能陪着你一起游向太平洋。祝你一路顺风，胜利归来。"

8 月，浩渺无垠的太平洋云飞浪卷，试验水域迎来了一位特殊的客人——深潜 6 000 米水下无缆自制机器人。它的名字叫 CR-01，即海人一号。与以往不同的是，第一个打头字母是 C。C 是 China 的第一个字母，代表着中国。

当海人一号取得海底清晰的照片返回到试验船上时，甲板上响起了一片欢呼声。从"有缆"到"无缆"，是巨大的飞跃。中国海洋机器人终于突破技术封锁链，从容地在海底世界漫步。

蒋新松感慨道："那时候发展水下机器人，对我们来讲简直是一场梦。经过十多年的努力，我们终于把梦想变成了现实。"

紧接着海人一号圆满完成了联合国赋予的 15 万平方千米深水海域海底的探测任务，为祖国赢得了荣誉，给了世界一个惊喜。

这一重要成果不仅使我国跻身世界机器人技术强国之列，同时也使我国具备了对世界 97% 的海洋面积进行"深耕细作"的探测能力，为我国后来进行的海上石油开发做出了重要贡献。

中国科学院的一位老专家听到这个消息，流着眼泪说："想不到啊！在我有生之年，还能看到我们中国深潜 6 000 米的水下机器人。"

当时的国务委员兼国家科委主任宋健高度评价说："机器人学的进步和应用是 20 世纪自动控制最有说服力的成就，是当代最高意义的自动化。在这个领域，中国有了希望，也有了底气。"

奋斗者号坐底
马里亚纳海沟

五

蒋新松对海洋机器人的发展进行了深远的规划。多年来，中国科学院沈阳自动化所始终将海洋机器人技术视为机器人领域发展战略的主攻方向，并持续取得技术上的重大突破，对于提升我国海洋科技实力起到了关键作用。

众所周知，2012 年 7 月，我国历经十年研发的蛟龙号在马里亚纳海沟试验海区创造了下潜 7 062 米的载人深潜纪录，打破了日本海沟号长期以来的垄断地位。然而，鲜为人知的是，蛟龙号的控制系统正是由中国科学院沈阳自动化研究所研发的，而控制系统正是海洋机器人的核心技术所在。这标志着中国智慧在世界深海领域的竞争中已经取得了显著优势。

2015 年 1 月 14 日，人们欣喜地看到，蛟龙号在西南印度洋龙旂热液区下潜，采集到一透明生物以及一只长 30 厘米、直径 3 厘米的粉红色生物，这是从未有过的发现。

进入"十二五"（2011—2015 年）规划以来，我国水下机器人的发展踏上了快车道。继蛟龙号载人潜水器打破世界同类型载人潜水器的最大下深潜纪录后，无人系列的潜龙一号和潜龙二号相继问世。

2015 年 8 月，在中国科学院沈阳自动化研究所水下机器人实验室里，两位科技人员正紧张有序地调试即将下水的新型海洋机器人潜龙一号。这款机器人主体长 4.8 米、直径 0.8 米，外观为鲜黄色。一个月后，中央电视台新闻联播报道了潜龙一号成功试水的消息。六个月后，又传来了潜龙二号在印度洋顺利完成海底探测试验任务的喜讯。

从海人一号到潜龙二号，中国水下机器人已经走过了整整三十年的发展历程。正是科学家们的不懈追求，才使得这些机器人能够游得更深、更远。

2020 年 11 月 10 日清晨，朝阳初升，太平洋的海平面上迎来一位胖嘟嘟的绿色访客——我国首艘全海深载人潜水器奋斗者号。它形似一条大头鱼，缓缓沉入深邃的海洋，目标直指太平洋底部的马里亚纳海沟"挑战者深渊"，并在

3 小时后抵达,成功下潜至 10 909 米的深度。

马里亚纳海沟的"挑战者深渊"是地球最深的海沟地带,其环境极为严苛,历来被视为海洋科考难以触及的禁地。这里一片漆黑,温度极低,水压巨大,且地质活动频繁,堪称深海荒漠,却是海洋研究的前沿阵地。

奋斗者号的历史性坐底,不仅刷新了中国载人潜水器的下潜纪录,也标志着我国在全海深载人深潜技术上达到了国际领先水平,中国从此成为全球第二个能进行万米载人深潜的国家。

如今,奋斗者号已多次下潜至万米深渊,带回了许多宝贵的数据和样本,开启了人类对深海未知世界探索的新篇章。未来,随着更多国际合作的展开,深渊探索的科学图景将更加丰富多彩。

一次次壮举背后,离不开一支国家战略科技力量的默默付出。他们如同攀登深海科技高峰的勇士,让中国在万米深海的探索版图上树立了新的坐标。

第五章　祖国是"本体"

不服输的留学生

完成了"863 计划"中机器人课题的相关任务后，曲道奎很想出国留学深造，学习世界上最先进的机器人技术。然而，中国科学院自动化研究所的领导们面临一个难题：作为机器人研究的骨干力量，曲道奎的出国无疑会对国内的研究进展造成影响；但如果不让他出国，又难以与国际上最尖端的技术接轨，这对单位和他个人的发展都是不利的。当时，中国机器人产业尚处于起步阶段，与国际先进水平存在显著差距。

20 世纪 80 年代，改革开放初期，我国每年都会向科技发达的美国派出一批批留学生，学习先进的科学技术。后期，由于国际形势的变化和影响，美国政府对中国留学生设定了种种条件限制。中国科学院也因此暂停了向美国派遣留学生的计划。

随着科技界与欧洲的交流日益加强，科研院所开始将目光投向欧洲。曲道奎面临两个选择：法国或德国。尽管法国国家科研中心主任 G. 杰洛特先生，作为法国共产党党员和蒋新松的好友，曾表达过邀请曲道奎赴法的意愿，但蒋新松经过深思熟虑，最终决定将曲道奎送往德国深造。他相信，德国不仅拥有最先进的机器人技术，还有丰富的机器人产业化经验。

德国机器人制造业虽然起步晚，但发展迅速。二战后，德国面临劳动力短缺的困境，因此致力于提升制造业工艺技术水平，提高生产效率。德国政府大力支持工业机器人的发展。20 世纪 70 年代中后期，德国政府在"改善劳动条件计划"中明确规定，某些危险、有毒、有害的工作岗位必须使用机器人代替人工，这为机器人市场的开拓提供了强有力的支持。经过多年的努力，以库卡（KUKA）为代表的工业机器人企业脱颖而出，占据了全球领先地位。

在德国，曲道奎不仅可以研究最先进的机器人技术，还可以学习德国在机器人产业化方面的丰富经验。

1992 年，曲道奎进行了半年的德语强化培训后，于 7

月抵达德国萨尔大学深造。

曲道奎人生的关键转折便发生在德国留学期间。

德国萨尔大学 1948 年成立，坐落于风景如画的德国西南部萨尔州，因流经其间的萨尔河而得名。这条河流源自法国，自南向北穿越萨尔州，最终汇入著名的莱茵河。尽管萨尔州地域不大，却因其地理位置处于欧洲的几何中心而显得尤为重要。

萨尔大学是德国一所著名的综合大学，尤其在计算机与通信技术、机电一体化等领域享有盛名。曲道奎怀着强烈的探索精神，选择了该校的电子技术系统理论实验室作为访问学者，致力于神经元网络在机器人控制中的前沿研究。

他的导师雅舍克（H. Aschek）是德国机器人领域的权威，尤其在系统控制理论方面有着深厚的造诣。起初，雅舍克对曲道奎的背景半信半疑，因为从国际视角看，中国在机器人学领域的研发水平尚属起步阶段。

当曲道奎来到萨尔大学，第一次见到雅舍克教授时，双方的交流变成了一场严格的"面试"。这位来自东方的年轻的学者不仅从容、流畅地回答了德国权威的专业性、挑战性的提问，对机器人学在国际上的发展现状和未来趋势，也有自己独到的见解。雅舍克教授立刻感受到这位来自中国的年轻学者所具有的东方智慧和他研究机器人学所具有的潜质。不久,雅舍克教授主动把曲道奎的访问学者身份申请改成了留学身份。

雅舍克教授的赏识不仅让曲道奎可以参与他的项目研究,还可以随时进入他的实验室工作。在雅舍克教授的研究所里能够享受这种待遇都是被高看一眼的,所以,曲道奎在德国萨尔大学学习研究期间,很受人瞩目。

但是,周围一些人把他误当作日本留学生,甚至有位日本留学生还把他当作韩国人。曲道奎告诉他:"我是中国人。"那位日本留学生用怀疑的口气说:"中国也搞机器人?""你们日本能搞,中国为什么就不能搞?"曲道奎反问道。

这种误解和歧视深深刺痛了曲道奎的自尊心。当时中国相对落后,特别是在科学技术领域,比发达国家差一大截,当然不会有人把你放在眼里。这使曲道奎横下一条心,一定要成为这个领域的专家,为中国留学生争口气。

"我们在出国之前对国家的概念并不是太强。大家有一种错觉,总认为外国民主、自由,更多的是对国内的很多现象看不惯。出去以后才发现,你羡慕的东西跟你没关系,那是人家的。"曲道奎深有感触地说,"我不知道别人在国

外是什么感受，我总觉得寄人篱下。现在，国家强大了，感受肯定不一样了。中国人到哪里都可以挺直腰杆了。可见，一个国家的繁荣强盛，对一个国家的公民意味着人格、尊严。另外，我也看到了国外科技的发展，尤其在产业方面的发展程度，中国的差距还很大，产生了一种不服气的强烈冲动。中国知识分子就是这样，你说我不行，是对我的挑战，更是对我的激励，逼得我非要争口气，一定做出点名堂来给你看看不可。"

二

家书抵万金

　　1993 年 7 月，曲道奎在留学未满一年之际，接到了来自国内研究所的信件，心中备感温暖。信中传达了中国科技改革和市场化进程加快的消息，以及机器人领域对人才的需求。

　　国内科技领域改革的力度不断加大，中国科学院释放出一个个利好举措，大力推动科研成果市场化。同时，外国企业借助先进的技术优势开始大规模地进军中国市场。

　　蒋新松敏锐地意识到，中国机器人走出实验室的时候到了，必须尽快走向市场。他决定成立机器人研究开发工程部。当时，很需要年富力强的技术骨干充实机器人事业部的力量，但是，坚守在科研一线的多是老同志，年轻的技

术骨干大多出国留学了，尤其是机器人领域人才稀缺。谁是合适的人选？当然是他的大弟子曲道奎。当时，出国留学人员不少留在了国外，大家也都认为曲道奎不会回来了。大家都理解，国外的科研环境和条件比国内优越，对于个人来讲，更有利于发展。

如果能学成回国，确实了不起，回国人员需要放弃眼前的利益和抵御住国外的种种诱惑。

于是，蒋新松让研究所给曲道奎写了一封信，了解一下情况。虽说信中没有明说，意思很明确。曲道奎捧着这封"家书"，感到沉甸甸的期待。他当即写了一封回信。他在信中汇报了在德国学习研究的进展状况，也表达了一个海外学子的内心世界和精神情怀。收到这封信，研究所的领导们进行了传阅，大家很感动。

那时出国留学的学子能回来确实难得。蒋新松拿着信动情地说："道奎回来，机器人这一块儿后继有人了。这封信可以在所刊上发一下。"

1993年8月第7期《机器人》杂志加了一个"编者按"，摘编了曲道奎的回信。

他在信中汇报了在德国的学习研究进展。他一直从事机器人仿真研究。其主要工作就是建立一个机器人仿真环境，目的是在该环境下开展神经元网络在机器人中应用的研究。该仿真环境主要由三部分组成：机器人数据库、神经元网络建模及仿真、输出显示。

曲道奎收到所里的信，知道领导们关心他，也明白所里很需要他。但是，他还不能立刻回去，他出来不到一年，课题还没做完。国家公派出来一次也不容易，他不能半途而废，他要抓紧完成他的研究课题。他回信中这样写道：

我打算按期回国，若工作没完的话，至多延期月余。尽管导师希望我能留下继续这项工作，并且我身份早已变为留学生，在校注册两个学期了。另外，还有其他几个大学的教授也同意我到他们手下工作一段时间或攻读学位。但通过这一年在德的亲身感受，加之国内现在形势的巨大变化，权衡利弊，回优于留……对我来说，他乡虽好，非己故园，迟归不如早回。

1991年12月，苏联一夜解体。苏联留学生心神不定，忧心忡忡。他目睹一位苏联留学生听到国家解体的消息，失声痛哭的情景。苏联的解体也引发了德国的动荡和变化。

"那时候，一种家国情怀突然之间很强烈。如果没有强大的祖国作'本体'，一个人的灵魂还会有什么归属？本

事再大，也会失去应有的尊严。"曲道奎感慨道，"个人尊严、前途和命运总是与国家休戚与共、息息相关。这是个大道理，不是空道理。只有亲历了那种处境，才能感同身受。"

正是在德国的留学经历，在曲道奎心中深深地埋下了科技报国、科学强国的种子。他说："从那一刻起，我才发现，一个民族的标签就是'强大'，只有强大，你才有资格成为地球上的'球员'，才有上场的资格，才能在世界上昂起你的头颅。"也是从那时起，他心中坚定了一个信念，要为机器人打上"中国标签"；让中国机器人站起来，站到世界舞台上，成为中国强盛的标志。

曲道奎研究的方向，是把神经元网络这种控制技术应用于控制机器人，是一种新技术。随着深入学习研究，他发现，在神经元方面，中国与外国的差距并不大，他很快就掌握了世界的前沿技术，触摸到这一领域的天花板。

曲道奎的迫切愿望是把技术尽快应用到生产中，实现产业化。他对德国进行了一番考察。一次，他到被称为"大众狼堡"的大众生产基地沃尔夫斯堡参观，眼前的场景令他震撼。汽车装配车间里，几十台机器人日夜不停地工作。

正是在这里，他眼见了机器人的发展潜力和广阔前景，尤其是工业机器人在现代工业国家发挥的重要作用和巨大的产业经济价值。他迫切期望回国后能将机器人研究成果转化为产业。

　　曲道奎后期的研究对象已不是单纯的机器人神经元，而是以德国为代表的西方国家如何实现高技术的产业化。他作了大量的调查和分析，对德国的现代化企业包括西门子等企业巨头进行解剖和透析，从中寻找中国产业化的方向和路子，为回国发展机器人事业作准备。在这一点上，他不愧是蒋新松的大弟子，师徒之间心有灵犀、不谋而合。

赤子归来图报国 三

1993 年 10 月，曲道奎接到蒋新松从国内打来的电话，了解他的课题研究进展，希望他早日回国："中国机器人走出实验室的时候到了，急需技术力量，更需要学科带头人。自动化所搞机器人研究不再是简单地搞理论方法研究了，要做产品，走向市场。"

曲道奎一听很激动，这一点他与老师想到一块儿去了。实际上，他在国外看到的东西，给他一些启示，他也在思索机器人未来真正的作用、空间在哪里。他认识到机器人将来能在产业化、制造业、国民经济发展甚至在国家强大中发挥重大作用。他决定抓紧时间完成课题，提前回国。

德国导师雅舍克得知曲道奎要回国的消息，大惑不解，一再劝他留下来。

一天晚上，在萨尔河湾旁一家颇为考究、充满欧洲风情的酒吧里，雅舍克打开一瓶当地盛产的葡萄酒，请曲道奎一起品尝。

一轮明月从水天相接的地方渐渐升起，给萨尔河涂抹了一层淡淡的银色。两岸灯光倒映在清澈的河水里。游艇、小船时而从河上划过，波光潋滟的水面上泛起层层涟漪，将倒映的灯光打碎成无数个金色亮点，形成一条条跳动的光带，伸向远方。

酒吧里飘荡着云朵般轻柔的乐曲，好像从远方飘来又飘向远方。这是曲道奎熟悉的一首钢琴曲，贝多芬最著名的作品之一《月光曲》。在这迷人的夜晚细细品赏，令人陶醉，如诗如梦如幻。

雅舍克仿佛从梦中醒来，向曲道奎举起酒杯："曲，喜欢吗？"

"当然，我在大学里就喜欢贝多芬的钢琴曲。"

"哦，你也喜欢贝多芬？太好了。"雅舍克耸着肩膀得意地说，"贝多芬的这首《月光曲》多情而又浪漫。"

"曲，留下来吧。"雅舍克向曲道奎举起酒杯，"热情好客的萨尔人欢迎你成为这里的公民。"

"谢谢导师，我是要回家的。"

"遗憾的是，你的研究成果回国用不上啊。中国这方面的技术太落后，至今还没有自己的机器人本体。"

"正是因为这个原因，我才要回国。"

应该说，德国导师的挽留是真诚的。世界文化遗产弗尔克林根钢铁厂是萨尔州最重要的经济支柱，也是汽车制造业和汽车配件供应基地。德国很需要机器人专业技术方面的人才。显然，曲道奎留下来，会有一个美好的、尽情施展的平台。

"曲，留下来吧。待遇不用担心，有什么要求和条件尽管提出来。"雅舍克还向曲道奎许诺，以后可以帮助他把太太和孩子移居到德国。

可以说，优越的事业平台、优厚的待遇和美好的人生前景展现在曲道奎面前。这对出国人员来说，确实具有很大的诱惑力。

"感谢先生的好意。是的，我研究的'神经元'如果离开机器人本体，无所依附，毫无价值。同样的道理，祖国是我的本体，离开祖国，我还有什么价值和意义？

"我们中国人讲传统。在我们中国传统文化中，国和家是连在一起的。即使我和太太、儿子移居到德国，家是搬不过来的。我离不开国，不会轻易地舍弃家。"

"哦，原来是这样。"雅舍克投来敬佩的目光，并向曲道奎举起酒杯，"祝你好运！"雅舍克终于理解了曲道奎。

在曲道奎结识的几位中国留学生中，也有人劝他留下来，说是回国难有用武之地。他说各有各的情况，还是要回去。

曲道奎心里十分清楚，蒋新松让他提前回国也是出于对他的器重和偏爱。恩师培养他多年，工作正需要，他不能辜负老师。

回国前，曲道奎没有买一件流行的外国"洋货"——家用电器，而是购买了大量的关于机器人的科研资料和专业书籍。

赤子追梦。曲道奎谢绝了德国导师和留德学友的一再挽留，带着满满的收获和对未来无限的憧憬，踏上了归国的旅程。

第六章　"小龙马"出国淘金

巧手"灵灵"亮相

20世纪90年代，我们国家的汽车制造业迅速兴起，工业机器人，尤其焊接机器人，市场需求旺盛。

焊接机器人是靠自身动力和控制能力来实现各种功能的一种机械手臂。主要使用在工程机械行业。许多工程机械需要大量的焊接，包括点焊和弧焊机器人技术，都是机器人技术实现难度较大的。一般情况下，工程机械的板材又厚又大，一次焊接需要很长时间，高温、弧光对人体有很大的危害；人工焊接很难保证质量，一个大的工程器件焊接质量稍有瑕疵，就会报废。在国际市场上，不是机器人焊接的产品，外商一般不认可，认为质量没保证。所以，焊接机器人是制造业里的热销货，很受市场欢迎。

但是，我国的焊接机器人还没有研制出来，许多国内汽车生产厂家不得不进口外国的机器人。外商要价很高。我国的机器人市场基本上被外企的产品占有了。

1994年，已当选中国工程院院士的蒋新松和所长王天然*经过分析研究，决定在焊接机器人领域实现突破。

在蒋新松的支持下，中国科学院沈阳自动化研究所联合了几家科研单位分工协作，共同研究开发焊接机器人。

焊接机器人由两大部分组成：一部分叫"本体"，就是机器人的"身体"，它包括伺服电机、减速器等硬件；另一部分是控制系统，也就是"神经"系统，控制硬件的"大脑"。

中国科学院沈阳自动化研究所负责研发机器人控制系统，即"神经"系统。无论是控制系统还是本体，对我们国家来说，都是很难的，因为我们没有技术积累，外国又对我们进行技术封锁。

就在这时，蒋新松的两位得意门生从外国留学回来了。他们都是蒋新松亲自带出来的我国第一代机器人学研究生。

---

* 王天然，1967年于哈尔滨工业大学毕业后，一直在中国科学院沈阳自动化研究所工作，曾作为访问学者赴美国学习；回国后担任蒋新松的助手，长期从事智能机器人、机器人应用与工业自动化研究；先后担任副所长、所长。2003年当选中国工程院院士。

一位叫曲道奎，他从德国留学回来，带回了机器人仿真环境下神经元网络在机器人控制中的应用。另一位叫王超越，从美国著名大学机器人实验室研修回来。他们联合进行了"芯脑"集成，并加进一些有效的神经元网络算法，使中国机器人的控制技术实现了关键性突破，跃上世界尖端水平。

可以说，中国科学院沈阳自动化研究所在机器人控制系统方面已经掌握了国际上最先进的技术。

经过一段时期的科技攻关，焊接机器人的控制系统问题迎刃而解。但是，负责研发"本体"的单位还没有结果。就像一个人有大脑、有心脏，没有胳膊、腿等肢体一样。机器人没有"本体"，走不出实验室，更无法走向市场。

蒋新松和所长王天然都很着急。怎么办呢？

无奈之际，蒋新松想了个办法，从国外购买几台焊接机器人，装上自己的控制器，试试行不行。如果行，就用这种方法来生产自己的焊接机器人。蒋新松还幽默地说："这叫'借个大腿搓麻绳'嘛！"

买谁的？权衡再三，大家认为还是买日本的。日本的机器人本体价格比欧洲的便宜，质量也过硬。可是，日本商家会卖给我们吗？

说曹操曹操到。就在这时，日本一家公司主动找到中国科学院沈阳自动化研究所谈合作，希望购买他们的机器人。

找上门来的不是别人，正是十五年前，蒋新松第一次去日本买机器人却被对方拒绝的那家公司。

这家公司的代表前来推介他们的机器人，蒋新松脸色沉下来，没有表态。大家揣摩，老所长没有忘记十五年前的屈辱，对方伤了老所长的心，老所长咽不下这口气啊！

大家都没想到，第二天，蒋新松把日本这家公司的专家请到所里，安排了午宴，热情地接待了他们。

在双方交流中，日本专家想起了十五年前，蒋新松到他们公司访问时受到的冷遇，内心深感愧疚。蒋新松宽容地笑笑，向对方举起酒杯说："希望我们双方以邻为亲，友好相处，真诚地合作。"但不知什么原因，这家公司的专家还是借故默默地离去了。

当大家对失去这个机会不免有些遗憾时，蒋新松胸有成竹地对大家说："不用担心，我们还有机会。"

果然不出所料，没过多久，日本另外两家机器人公司先后派专家来到中国科学院沈阳自动化研究所拜访蒋新松，都希望在机器人领域能够开展合作。

研究所里有人感叹："老所长神了！ 掐指会算。"

其实，不是蒋新松神机妙算，而是他有战略眼光，洞悉时局，已经看出了门道。

在经历了 20 世纪 80 年代的高速增长之后，由于投资过大、产能过剩和房地产市场泡沫的爆裂，进入 90 年代，日本经济迅速下滑。日本许多企业日渐衰微，生存艰难，不得不开始对外出口技术，寻找求生之路。

面对逐渐兴起的中国大市场，日本企业哪能无动于衷、视而不见？所以，日本企业纷纷前来中国寻找合作，开发市场。但日本商家要价都比较高，价格谈判十分艰难。

"既然我们想检验一下自己的控制系统，我们就只买机器人本体嘛！"蒋新松脑子一转，想出了这个策略。

日方得知我们只买"本体"，立马就把价格降下来。中国科学院沈阳自动化研究所决定购买一批机器人本体，配上自己研制的控制器，生产一批焊接机器人。

不少人担心，一台本体几十万元，买回来配上我们的控制器，万一不能用怎么办？

蒋新松的弟子们很自信。他们认为，自己的控制系统对各种本体具有很强的适应性，没问题。也有人提议，是不是只买一台试试，避免造成重大损失。王天然和曲道奎都认为，这样成本高，也会把时间拉长。蒋新松支持说："要买

就买一批，要干就干个惊天动地。"

就这样，1994年，中国科学院沈阳自动化研究所做了一个非常大胆的动作：投资1 500万元，从日本一家公司一次购买了19台机器人本体，配上自己的控制器，生产了一批工业焊接机器人，成功地投放市场。

日方为什么那么痛快地卖给我们机器人"本体"？后来才知道，他们原以为，我们开发的控制器在他们的"本体"上不适用，回头还要高价买他们的控制器。但对方没有想到，我们开发的控制器适应性很强，成功地配上了，而且很好用。

"当时，这一举动冒着很大的风险。因为我们根本没有固定的客户，如果这19台机器人卖不掉，收不回成本，损失惨重，自动化所就危险了，有可能栽倒在我们手上。那么大一笔钱在那个年代是个天文数字。"多年之后，王天然院士回忆起那时的情景，心情难以平静，"蒋新松当时冒风险，所里自己做了主。我们之所以敢这么做，就是因为对我们自己研制的机器人'大脑'信心满满。"

曲道奎作为项目负责人承担了这一科研重任，带领十几人的队伍，很快攻克了技术难点，在从日本买来的本体上安装使用自己的控制系统，生产出第一批高性能的焊接机器人。这批机器人虽说是日本的本体，但是没有控制系统的本体不过是一堆零部件。装上了中国的控制器就等于赋予了它中国灵魂，把它定义为中国机器人，打上中国标签，这是无可厚非的，也是公认的。

1995年底，焊接机器人全部卖了出去，1 500万元的成本也顺利收回，蒋新松和王天然心里的石头才落了地。同时，这也给中国科学院沈阳自动化研究所的科技人员增添了继续攻关的信心与勇气。

事实上，这时的焊接机器人还是个"混血儿"，外国"本体"加中国的"控制"，算不上纯粹的中国机器人。

只有研制出自己的本体，装上自己的控制器，才是正宗的中国机器人。研发机器人本体已经成为中国机器人必须跨过的一道坎。

不久，经过哈尔滨工业大学机器人实验室等有关科研院所的通力合作，我国的机器人"本体"终于研制出来了，它的关键部件完全实现了国产化。

最初生产的焊接机器人在我国第一汽车制造厂生产线上开始应用。它们"飞针走线"，把汽车外壳框架焊接得天衣无缝。

"成功了！"现场的科技人员和工人们一片欢腾。他们

给机器人起了个名字，叫巧手"灵灵"。

中国终于有了自己的焊接机器人，而且它们的性能和生产的产品丝毫不比外国机器人逊色。中国焊接机器人很快打出了品牌，走出了实验室，走向了市场。

一颗咽不下的苦果

20世纪90年代中期，中国机器人发展有两项重大成果可圈可点：一是水下机器人，二是工业机器人。

工业机器人的研发又有两个标志性的产品：一个是焊接机器人，另一个是移动机器人（AGV）。

最初的焊接机器人，大家叫它巧手"灵灵"；而移动机器人，大家则称它"小龙马"。

在中国科技发展水平与世界发达国家相比还有很大差距的年代，它们好似姐弟俩，应运而生，点亮了中国机器人的未来。

说起"小龙马"的诞生，也有一段令人苦涩的经历。

1991年初，沈阳金杯汽车公司老总到美国考察，看到

美国的移动机器人很震撼——它能代替工人自动装配发动机，不仅装配效率高，而且装配质量好。这种移动机器人的英文名字叫"Automated Guided Vehicle"，简称AGV。通俗地讲，它像搬运工一样，在汽车总装生产线上，驮载着发动机、后桥、油箱，跟着悬吊在流水线上的车身自动行走，进行动态装配。这种移动机器人也叫搬运机器人。

沈阳金杯汽车公司的高管们看到美国的移动机器人装配线，动了心。为了提高生产效率，打造中国一流的汽车企业，沈阳金杯汽车制造公司决定购买这种移动机器人，用于国内汽车生产。

经与美国一家供应商洽谈，金杯公司决定不惜本钱，引进移动机器人，在沈阳开发一条汽车装配生产线。美国这家公司同意提供移动机器人。

双方签订合同后，金杯公司引进的这条汽车装配生产线进行到一半，需要美方安装移动机器人控制系统的时候，美方突然声称："对不起，政府限制技术出口。移动机器人我们不做了，不做了。"

没有移动机器人，前期投入的生产线设备就成了一堆废铁。

经营企业的人们都清楚，项目中途夭折，对于一个企业意味着什么。这是致命的打击，再有实力的企业也承受不了。

当时，金杯汽车公司是我国汽车行业的排头兵。金杯的老总怒不可遏："釜底抽薪，过河拆桥。这招儿太损了！"金杯汽车公司的高管们咽不下这口气，决定与美国这家企业打官司。

一打听才知道，这种国际官司是一个无底洞，不知要在国外砸多少钱，而且，有理也不一定打得赢。弱势在强势面前有什么公正可言？落后就要受人之气，求人就会受制于人。

第一次引进机器人生产线的项目，最终成为我国汽车制造业咽不下的一颗苦果。

无奈之下，金杯汽车公司的老总们只好求助另一家外国公司，同样被拒绝了。

如何收拾这一残局，成为金杯公司高管的一块心病。

"小龙马"首秀　三

后来，金杯公司的老总听说中国科学院沈阳自动化研究所是搞机器人的，在国内身手不凡。情急之下，金杯公司的一位高管来到中国科学院沈阳自动化研究所，向蒋新松诉苦，希望他们能够帮助解决这个半截子工程。

蒋新松听后气愤地说："岂有此理！"当即表示，"我们自己干！"

研究所立刻成立了由技术骨干组成的攻关小组。蒋新松对大家说："这个生产装配线是'争气线'！生产的不是汽车，是志气。作为'863计划'的攻关课题，就交给你们了！"

攻关小组来到金杯车间，零部件横七竖八地摆在地上，有的还没拆开包装。

移动机器人是刚刚来到世界上的一位"新人",洋范儿十足。怎样才能把它变成中国"人"? 这是一场智慧的博弈、意志的比拼。

在蒋新松的支持下,攻关小组像解剖麻雀似的,一点点地研究这种在国外刚刚用于汽车制造业的移动机器人新技术。

起初,攻关小组连一点资料都找不到,一切从零做起。

经过一段时间的艰苦摸索,他们在实验室里做出一台样机,不知道怎么回事,它走着走着,就会自动停下来。攻关小组的同志们对算法反复验证,一遍遍地核对,技术原理没问题,但移动机器人就是突然不走了。大家一连几天找不到原因,急得寝食难安。移动机器人啊移动机器人,你到底是哪根筋搭错啦?

张雷是西北工业大学的研究生,刚刚毕业分配到中国科学院沈阳自动化研究所,因为他学的是软件专业,比较稀罕,他被安排到攻关小组,是最年轻的成员。他清晰地记得,当时大家几乎都绝望了。蒋新松来到实验室鼓励大家说:"别泄气,只要坚持,就能成功。"张雷和大家一起努力寻找原因。

后来张雷发现,不是样机自身的问题,而是工作环境的

问题。这台移动机器人的神经太敏感了，是外界信号干扰造成的停摆。问题迎刃而解。

经过攻关小组的不懈努力，移动机器人在实验室运行成功后，把它搬到金杯汽车公司生产车间现场试运行。想不到移动机器人的脾气很怪，到现场就翻脸了。移动机器人对现场不适应，干起活来扭来扭去，不给力。技术难点卡在了装配线上。

攻关小组的同志们模仿着工人的操作动作，一遍遍地体会操作过程，然后修改控制系统，改进方案。进入冬季，金杯汽车公司生产车间很冷，他们戴着手套敲键盘，手都冻僵了。

为了找到规律，调整算法，他们用一根绳子把移动机器人系上，让它自动跑过去，再一次次地把它拉回来。像时装模特儿一遍遍地走秀，通过反复试验优化控制系统，达到准确无误。攻关小组经过两年多的艰苦努力，终于驯服了移动机器人。

大家高兴议论着，要给它起个名字。有人提议说，《西游记》里有匹白龙马，是一条小白龙。白龙马默默无闻、任劳任怨、不计得失，这种"龙马精神"也是咱科技人员的攻关精神，就叫它"小龙马"吧。这个提议得到了大家的一致赞同。从此，中国的移动机器人有了"小龙马"这个响亮的昵称。

国外的移动机器人只能沿着地面轨道走直线。中国科学院沈阳自动化研究所研制的这款"小龙马",在跟踪作业的过程中可以自动导航,既能直线行走,还能自动转弯儿,非常高级,不仅国内没有,在国际上也是最前沿的。它采用了模式识别,能对周围环境进行识别判断,自主行走。工作原理就是机电融合在一起,包括机械、电气、算法、传感等。这款机器人就是一个先进技术的大综合。

1993年11月30日,我国自主研发的第一条基于移动机器人的汽车总装生产线在中国科学院沈阳自动化研究所诞生了,并在金杯公司投入使用。

此后不久,这一生产线正式投入现场运行并通过专家验收。金杯客车很快实现大批量生产,并在全国轻型货车、旅行车大赛中屡屡夺魁,捧回了一个个金杯。

金杯公司的高管们来到中国科学院沈阳自动化研究所登门致谢。他们由衷地称赞:"这批机器人把我国汽车工业生产技术推向了一个新水平……"

原来与金杯合作的那家美国厂家,听说金杯汽车装配线用上了中国自己研制的移动机器人,给金杯公司来函说,美国政府同意向中国出口移动机器人了。

"谢谢你们的好意，我们有了自己的移动机器人。"金杯公司回敬道。

1996年，金杯公司引进了中国科学院沈阳自动化研究所的第二条移动机器人汽车总装生产线。在中国科学院沈阳自动化研究所的档案室，至今还可以看到这样一份客户出具的应用证明：

以往需操作工人28人，现用6至8人即可；班产原为每班800件，现可达到每班1 600件。一年内，新增产值23亿元，新增利税（纯收入）2.3亿元。

结论：该线建成后，不仅大大减轻了工人的劳动强度，缓解了人员不足的困扰，而且有效地保证了产品质量。该生产线的价格仅为国外同类产品的1/3。企业成本降低，经济效益大幅度提高。

金杯汽车也成为国产汽车中一个响亮的品牌。

蒋新松曾经这样说："20世纪90年代，沈阳金杯汽车移动机器人装配生产线研制成功，并在艰难中推向市场，实现产业化。从某种意义上来说，我们要感谢对手，因为他们成就了我们。正是国外在高技术领域对中国实行封锁和禁运，中国才有了移动机器人。"

出国淘金

四

中国科学院沈阳自动化所成功研制出移动机器人"小龙马",并第一次无故障运转在国内汽车生产线上,引起了国外的关注。

1994年9月,蒋新松应邀到韩国进行友好访问。在双方交流中,他介绍了中国研制的移动机器人的优越功能,立刻引起韩国企业的兴趣。

韩国三星航空公司的专家专程来到中国科学院沈阳自动化研究所考察,他们看到"小龙马"很惊奇,想不到中国会有这么高级的移动机器人。

汽车厂装配用的外国移动机器人都是在轨道上运行,中国的"小龙马"不需要轨道,是完全自主运行的,超越了当

时国际装备制造业同类产品发展的技术水平，成为这个领域里的翘楚。

三星航空公司的高管当场决定与中国合作，并于1994年10月30日，与中国科学院沈阳自动化研究所签订了移动机器人自动导引车技术转让合同。

这是我国首次出口高技术，一举改写了中国机器人技术只有进口没有出口的历史。

1996年10月30日，中国移动机器人技术出口韩国。这天，中国科学院沈阳自动化研究所的科技人员像嫁女儿一样，特地为"小龙马"披锦挂彩，把它打扮得光彩照人，为中国机器人首次出口国外举行了简短的欢送仪式。

"小龙马"出国了！这是一笔35万美金的订单，在当时的科技界已经是一笔大单了。中国科技人员第一次感受到科技的无穷魅力。中国机器人声名鹊起。中国科学院沈阳自动化研究所的科技人员备受鼓舞，士气大增。

中国的移动机器人技术水平达到了一定高度，在行业内一枝独秀，在外国机器人垄断的市场上产生了冲击波，引来了外国企业的围观。

但是，老外们不相信，特别是美国等一些发达国家的企业家根本不相信。后来，他们向韩国打听，证实了这件事。

这对他们刺激很大。不久，外国机器人在中国市场上的价格下降了三分之一。

至此，中国机器人开始走向市场，它由计算机控制，具有移动、自动导航等功能，可广泛应用于机械、电子、造纸等行业的柔性搬运、传输等，也可用于自动化立体仓库、柔性加工系统、柔性装配系统，或在车站、机场、邮局的物品分拣中作为运输工具。

"小龙马"走出了中国科学家的自豪与自信，走出了中国高端制造业的辉煌与灿烂。中国机器人有资格、有能力走出实验室，接受市场大潮的考验了。

然而，正当中国机器人昂首阔步，以"集团化"的阵容进军市场的时候，精心哺育它的"中国机器人之父"却永远地倒下了！

第七章　新松基因

父之绝唱

蒋新松为中国机器人的成长付出了数十年心血，因过度劳累导致心脏病等多种疾病缠身。

1994 年，63 岁的他主动从研究所领导岗位上退下来。他对新任所长王天然说："你不要有什么顾虑，放开手脚地干。我给你当个'咨政'。"

他常对他的学生和年轻的科研人员讲："我虽然还能干些事，毕竟年纪大了。人总是要衰老的，这是生命的规律。我最大的心愿，就是有生之年，能看到我们中国的机器人在世界上做大做强。接力棒就交给你们这一代了，任何时候都不要放弃。好多事情就是这样，成功的道理很简单：别人干，你也干；别人放弃了，你还在坚持；别人没有成功，你

就成功了。看准的事一定要有定力，有恒心。滴水穿石，贵在坚持。我这辈子就认'持之以恒'这个理儿。"

蒋新松被称为"科学界的狂人"。几十年为祖国的科研事业呕心沥血，殚精竭虑，长期的超负荷工作，透支了他的身体。

1997 年 3 月 30 日，年仅 66 岁的蒋新松因突发心脏病溘然长逝。

而就在前一天，他凌晨 4 点便起床开始工作，早饭后应邀去安钢讲技术改造，却突发心绞痛昏迷，直到晚上 10 点钟才苏醒过来。

30 日凌晨，蒋新松起床修改国有企业科技讲座提纲；上午，蒋新松还坚持和同志谈工作计划，几次被护士劝阻；下午 2 点，蒋新松心肌严重衰竭，再也没有醒来。

蒋新松在他开创的事业走向辉煌的时候，生命戛然而止，定格在北国的春天里。

春天是一个多么美丽的季节！和煦的春风抚摸着万物的脸庞，杨柳枝头摇曳出一抹新绿，百花含笑吐露着沁人的芬芳，大地即将绽放出无限的生机。而蒋新松却在许许多多的牵挂与遗憾中，匆匆地告别了这个季节。

春蚕到死丝方尽，蜡炬成灰泪始干。直到生命的最后一刻，蒋新松仍然在为祖国的机器人事业做着奉献。

几个月前，他曾在一篇回忆从事科研四十年的文章里这样写道：

四十年前的今天，我从童年时代起怀有的美好和梦幻般的愿望终于实现了，我被分配到科学的殿堂——中国科学院工作。我清楚地记得，当我接到分配通知的一刹那的情景，掩饰不住的喜悦，一阵阵发自内心的、天真而纯朴的欢笑不时洋溢在我的脸上。同学们说：看！蒋新松高兴得变傻了。

我赶快拿起笔把这欢乐的消息告诉日夜关怀我成长的妈妈。记得还是我第一次上学回来，妈妈告诉我：读书、做事最重要的是"持之以恒"，就是要有恒心。今天我能以优异的成绩读完大学，即将进入中国科学院工作，有哪一件不是妈妈这四个字教诲的结果呢！

我要北上了，妈妈到上海来为我送行。临行的前夜，妈妈非常赞赏我的志愿，又用"持之以恒"四个字作为临别赠言。四十年来，不管在什么条件下，是逆境抑或是顺境，"持之以恒"成为我行动的准则……

蒋新松的一生是为科学而献身的一生。他敬业爱国，拼

命工作，最后积劳成疾。他的一生有许多闪光点。

在他任中国科学院沈阳自动化研究所所长的 14 年间，研究所成果累累：获得 5 项国家级奖，46 项省部级奖。他个人先后荣获了国家有突出贡献的优秀科学家称号、全国五一劳动奖章、中国工程院首批颁发的"中国工程科技奖"。1994 年 5 月，63 岁的蒋新松成为首届中国工程院院士。

国家科委、中国科学院对蒋新松做出高度评价："在'863 计划'两主题——CIMS 及机器人的组织管理，和所有重大技术问题上，他都表现出了一位高水平科学家的雄才大略。两主题的选择并获国家立项，在国内都是开创性的，产生了极其深刻重大的影响。尤其是由他直接领导的水深 6 000 米无缆水下机器人项目，使我国机器人在这一领域的研制水平提高到了国际先进水平。不论是在学术水平上，还是组织管理重大工程的能力方面，他都堪称是不可多得的帅才。"

在蒋新松病逝前一年多的时间里，他撰写论文 20 多万字，还举办了许多高技术讲座。

他为所里确定的核心价值观就是：献身、求实、协作、创新。他坚持把"献身"放在第一位。

生命的意义是什么？ 每个人的心中都有自己的解释。

蒋新松曾经说过："生命的意义就是为祖国和科学献身。生命总是有限的，要让有限的生命发出更大的光和热，这是我的夙愿。如果一个人对社会什么贡献也没有，就算长寿有什么用？活着干，死了算！"这是何等豪迈的共产党人的人生誓言！蒋新松的生命质量观，实际上是把个人的生命同祖国和科学的命运紧紧地连在一起，实现了自我生命价值和社会发展价值的高度统一。

蒋新松逝世一年后，《人民日报》等各大媒体长篇报道蒋新松的事迹，誉之为"中国机器人之父"。

1998年，为纪念这位为中国科学事业做出杰出贡献的优秀科学家，沈阳市人民政府在铁西区劳动公园里为蒋新松塑造了一尊铜像。

他高大的身躯掩映在一片红枝绿叶的山荆子树丛中。那微皱的额头依然昂起，深邃的双眼凝望着远方。

那是战略科学家的目光，永远超视未来的目光。他右手拿着一本书，左手自信地叉于腰间，正迈步向前走去，仿佛永远走在科技兴国的漫漫征途上。

二

用一种精神奠基

1999年,国家推出新政:鼓励科技人员"下海"。"下海"就是指经商,就是到商海浪潮里打拼。

这一战略背景是:一些科研院所开发的新技术、新产品,90%停留在实验室,只是摆设。国家允许科技人员带着科研成果自主创业,下海经商,就是为了让这些科研成果走出实验室,变成科技生产力,为社会服务。

中国要成为制造业大国,就要推广以机器人为代表的高端制造技术,让它们从实验室里走向工厂,走进车间,发挥作用。

根据国家的鼓励政策,中国科学院沈阳自动化研究所决定成立一家机器人公司。给公司起个什么名字呢？中国的还是外国的？传统的还是时髦的？或是中西结合的？一群科技人为这个公司的取名争论不休，始终没有结果。

这天，所长王天然又在为这个事伤脑筋。公司就要注册，这件事不能再耽搁了。他低头苦思冥想，却想不出一个理想的名称。当他抬起的目光掠过办公桌后面的那排书架时，停留在一幅照片上。这是多年前，他和老所长蒋新松与来访的几位国外著名的机器人科学家的合影。

他突然一拍脑袋，转身说道："哎，干脆就用老师的名字，叫'新松'吧！"

他对研究所的同志们说："老所长生前曾专门和他们商量过成立机器人公司的事。他说，要成立公司做市场，不走向市场，机器人是不会得到真正发展的。这条路子要赶快走，走慢了就落到国外后头了，就被动了。世界科技处于持续快速发展中，新思想、新概念、新知识转化为技术的周期越来越短。机器人技术的开发和应用，不仅要快，还适应市场的变化。只有快速决策，快速响应，才能赢得市场的主动权，把机器人事业做大做强。"

王天然还说："我们用'新松'来命名机器人公司，一方面，蒋新松是我们自动化所的老所长，自动化领域的专家，是中国机器人事业的奠基人，我们应该纪念他；另一方

113

面，这对我们中国科学院沈阳自动化所的历史也是一种传承，我们要把老所长的精神一代代传下去，把机器人事业做大做强，了却他一个心愿。"

"好，用一种精神奠基！"大家一致赞同。

就这样，中国第一家机器人公司有了正式名称：沈阳新松机器人自动化股份有限公司。

2000年4月，在新松公司成立后的第一次全体会议上，所长王天然作为公司的董事长，面对30多名从自动化所走出来的科技人，动情地说："20年前，我们的老所长蒋新松有一个梦，要搞出中国的机器人，让20年后的中国走进机器人时代。今天，我们算是圆了老所长的这个梦。但，这个梦才刚刚开始。要圆好这个梦，我们还必须做好两件事：一是我们的机器人研制水平要在世界上领先，二是要大力发展我们的机器人产业。"

他解释说，在知识经济时代，最重要的是要拥有自主知识产权的领先科技。别人有了，我们赶上去，那固然可喜，但只能叫"达到世界先进水平"，要做到"世界领先"，必须首先做到"自己率先"，真正的"自强"必须是"自主"。他深情地说："我希望大家把老所长的这个梦当作事业永远地做下去……"

就这样,我国第一家机器人公司在中国科学院沈阳自动化研究所成立了。

沈阳新松机器人自动化股份有限公司(后文简称"新松公司")乘着时代的列车,豪迈地跨进了 21 世纪,成为跨世纪的"婴儿"。它是中国科技界向新世纪的献礼!

新松公司成立后,确定了新松企业文化的核心价值观:追求卓越,创造完美,诚信敬业,报效祖国。

此时,中国机器人已走出实验室,开始行走在中国的大地上。但是,要真正形成振兴中华民族的科技生产力,必须走出一条产业化的路子。尽管新松公司有着中国科学院的"贵族"血统,手里握着一连串的国家级科研成果,但新松公司决不能长期依附母体的营养生存,它必须自立自强。

新松人清楚地意识到,他们必须独自走向市场迎接大考,开创新的基业。商场如同战场。长久以来,中国的工业机器人市场一直都被外国企业垄断。满怀激情的新松人很快发现一个残酷的现实,在激烈竞拼的市场上,他们面临的对手是那些世界机器人行业里的大佬。年幼的新松公司如何在这一高技术领域争雄?

"小龙马"入伍了 三

进入新世纪，中国制造业进入快速发展期，制造业企业对工业机器人的需求与日俱增。

理想很丰满，现实很骨感。新松人到客户面前推送自己的机器人产品时，处处碰钉子，一时陷入了困境。

新松公司毕竟是一只刚出道的"菜鸟"，初涉商海，备受冷落，这让新松人颇伤自尊。

一次，公司总经理曲道奎带着几位工程技术人员参加一家汽车制造厂商的项目招标。对方听说是新松公司，挺高兴，断定这是一家日本企业。对方见到曲道奎，发现不是日本人，有些失望，进而问道："你们是与日本哪家企业合资的？"曲道奎哑然失笑，郑重地告诉对方："我们是全资中国企业。"可当对方得知新松公司是国内企业时，竟将他们拒之门外。

没有痛苦的经历就无法找到真理。每一个神话都有它背后的传奇。

在新松人初闯市场的困难期，一个特殊的机遇让新松公司与国防项目结下了缘分。

2001 年的春天，成都军区后勤仓库需要建设一个自动化仓储系统，以适应新形势下的战备训练保障。这样的项目虽然外国企业靠灵敏的嗅觉早已虎视眈眈，但出于国防安全考虑，中国军方向外企亮起了红灯，设定了禁区。

国内企业谁敢横刀立马？这类高技术项目不是一般企业所能承担的，要知道这是一个现代化的无人仓库——智能仓储。军方发现了新松公司，通过接触考察，双方很快达成共识。成都军区将自动化仓储系统交给了新松公司。

曲道奎这双中国科学家的手与中国军方一位大校的手紧紧地握在一起，这是科学家的产业报国情怀与军人的爱国情怀的水乳交融，也是一次国企与部队歃血为盟的合作。

智能仓储系统的核心技术是能够自动搬运货物的移动机器人，这是新松公司最早研发的独家之技"小龙马"。

20 世纪 90 年代中期，昵称"小龙马"的移动机器人虽

然一出世就被用于沈阳金杯汽车装配线，并受到过韩国企业的青睐，曾出国淘金，但在国内一直默默无闻。

"小龙马"憋着一肚子气，也很争气。它懂得，服从命令听指挥是军人的天职，也是它的天职。当接到命令时，它以神奇的速度穿梭在仓库里，将一件件军需物资准确无误地放到指定位置或取出来装到运输车辆上。这个项目成为国防保障实现自动化的一个重要标志。

"小龙马"参军入伍了，它光荣地成为中国军队里的一支"特种兵"。

新松公司的高科技产品可以服务于中国的国防现代化了。从此，新松人有了一份荣耀，多了一份自豪。

成都军区后勤仓库自动化仓储系统成功运行，让新松公司的人气指数大涨。2001年秋天，沈阳黎明汽车发动机厂的老总听说新松公司能做智能仓储，将信将疑地来到新松公司。他一见曲道奎，就要求看看新松的智能仓储。

曲道奎带他来到智能物流事业部，电脑演示还没有播放完，这位老总就乐得合不拢嘴："这玩意儿我在国外见过，羡慕死了。当时就想：咱国家什么时候也能玩上智能仓库？想不到你们做得一点儿不比老外的差。咱中国要是不用自己的，那是脑子进水了。"他抓着曲道奎的胳膊就往车上拉，

"走，你先到我那儿去看看。'近水楼台先得月'，你得先给我弄一套。"

于是"小龙马"又被请进了黎明汽车发动机厂的搬运车间。"小龙马"不知疲倦地奔忙着。员工不再汗流浃背了，而是坐在控制室的电脑前，成为这一景观的欣赏者。

突破"卡脖子"工程

四

跨入新世纪，我国国民经济和社会发展迎来第十个五年计划。"十五"期间，科技部组织研发超大规模集成电路工艺及装备，简称 IC* 装备。IC 装备，是电子设备中最重要的部分，承担着运算和存储的功能，是计算机、数字家电、通信等行业的"硬核"与"心脏"。

科技机构联合攻关，将 IC 制造装备主体部分研制出来了。但是，生产 IC 装备最关键的真空机器人需要从美国进口。

真空机器人是一种在真空环境下工作的机器人，也称为洁净机器人。小小的真空机器人看起来不起眼，科技含

---

* IC 是 integrated circuit 的缩写，意为"集成电路"。

量却很高。电脑和手机中的芯片要在真空条件下生产装配，人工无法操作，真空机器人却能大显身手。世界上只美国等少数国家掌握这种技术。

当今世界，所有制造业强国都握有一张王牌——芯片，附带着生产芯片所用的真空机器人都被其牢牢掌控。凡出口中国均设立严格的许可证制度和飞行检查条款。

单个的真空机械手美国厂家是不售卖的，要卖就是成套出售，价格更是令人咋舌。这就是垄断之后的高利润。

为了解决急需的真空机器人，我国不得不从美国进口。否则，中国的 IC 产业装备就无从发展。

中美两国的商家围绕真空机器人的谈判成为名副其实的"马拉松"。从"十五"一直谈到了"十一五"，历时五年仍没结果。技术至上历来是商业界的霸王条款。没有技术在手，你连平等对话的资格都没有。

这还不算，按照美国的出口程序，一般从开始申请到拿到手续，最短需要 9 个月，而货到中国的时间就更没准儿了。中国在科技落后的状况下，受制于人的事件屡见不鲜。

几经折腾，美方厂商终于同意出售真空机器人给中方，中方似乎看到了希望。哪知，美方厂商突然变卦，又说，美国又有新规定，买方必须接受美国国务院、FBI（联邦调查

局）、商务部等四部门的审查，并且规定了非常严格的飞行检查条件。每半年要到中国进行查看，不允许将设备搬离现场。理由是，禁止中国用于军事项目。

这一招够绝，对中国实行技术封锁总能找到理由。美方出尔反尔，中国方面无法接受这一毫无诚意的条件。这是美国独家垄断的核心技术，用不用由你。这项核心技术成了制约中国 IC 装备业发展的"卡脖子"工程。

在真空机器人项目上，美国厂商和中国企业玩起了"太极"。中方终于看透了美国厂商的把戏——他们要把中国的这一产业拖垮。

美方无理傲慢，中国被逼上自主创新之路。科技部的专家来到新松公司，介绍了 IC 装备业面临的困境。专家们恳切地说："你们是机器人国家工程研究中心，又是国家'863计划'机器人产业化基地，能不能搞出真空机器人？"

"没有什么能不能的。这是国家使命，只要交给新松，新松义不容辞。"新松公司的老总们了解到这一项目的背景，当即表示，"一定完成国家赋予的这一任务，拿下'卡脖子'工程。"

当时，新松公司组织了一支由"70后""80后"科技男组成的攻关团队，开始了真空机器人的研发。这又是一个从零开始的故事。

"真空洁净技术完全是一项新技术、一个新领域。开始我们一点儿也摸不着头脑，只有几张图片可供参考。"新松公司一位专家回忆说，"接到这个任务后，我们先去国外做调研。美国人肯定不让我们看。我们去新加坡，人家不让靠近，只能远远地看看形状，更别说了解技术原理了。没有相关的产品和技术可以借鉴，完全是白手起家。"

别看这个东西小，最大的难点是要有极高的可靠性。IC生产线上，必须保证真空机器人一千万次平均无故障循环工作。

真空机器人是国家"十一五"重大攻关项目，新松公司的攻关团队做了大量实验，一次次反复攻关。他们心里清楚，新松公司做的不仅是一款机器人产品，同时肩负的是国家使命、民族尊严。新松人必须啃下这块"硬骨头"，用"新松精神"铸造一颗中国"芯"。

经过两年多的不懈努力，新松人终于成功研制出我国高水准的真空机器人。这款真空机器人很魔性，它们钻进那一尘不染的真空特殊包厢里，飞快地舞动着，令人眼花缭乱。真空机器人是有洁癖的，是一个极度爱干净的"小精灵"。

2006年6月21日，新松公司研发的真空机器人项目通

过了科技部门的鉴定。这一核心技术不仅填补了我国在这一领域的空白，而且各项性能指标都优于外国产品。原来打算从美国进口真空机器人的北方微电子公司决定立刻中止与美方的马拉松式谈判，改用新松公司研发的国产真空机器人。

美国厂商得知后，感到到手的买卖就要飞了，但又不肯罢休。他们的代表来到北方微电子公司，表示他们的出口规定放开了，也不谈任何附加条件了，甚至缠住不放。北方微电子公司当然牛气啦，他们回敬对方说："对不起，我们已经有了新松真空机器人。"

美国厂商觉得面子上下不来，还是不死心，立刻把原来的价格下降了40%多，甚至比新松还低，在高科技行业算是白菜价了。显然，美国厂家出血大甩卖了。这是美国厂商的"无底线"策略。他们想利用价格战把刚进入市场的新松真空机器人打垮。这是西方"丛林法则"下的商战配方。

对美方这种"玩法"，中国企业早已领教过了，没人买账。中国企业家也变得聪明起来。今天的中国企业军团勠力同心，抱团发展，向制造强国进发。新松公司乘胜出击，相继开发出真空洁净镀膜机械手、真空洁净搬运机械手、真空洁净物流自动输送设备等产品，为国家拿出了全套"交钥匙"工程。

新松真空机器人在进军 IC 行业中一展身手。作为真空机器人领域国内唯一的供应商，新松公司为国内半导体、LED、光伏、核电、医药、金融等行业首次提供了具有中国话语权的解决方案。

新松公司不仅打破了欧美的技术垄断和封锁，还大大提升了我国自动化技术研究开发水平和创新能力，提高了与国外同类产品抗衡的能力，促进了我国信息产业的迅速发展，突破了高技术瓶颈。

新松公司并没有躺在成绩中睡大觉，依旧保持忧虑之心，筹谋未来。当时，我国机器人企业多为加工组装，缺乏核心技术。

核心技术以及核心零部件是中国机器人的短腿。这一"双核"瓶颈也是新松人的"心"病。在竞争日益激烈的机器人领域，核心技术和核心零部件属于上游产品。新松虽有强大的系统集成能力，至今却没有占领"核心"阵地。核心技术和核心零部件一直是软肋。对手一旦把新松公司的上游产品掐断，巧妇难为无米之炊，新松公司照样会输得很惨。

新松公司作为一家以先进制造技术为核心、拥有自主知

识产权和核心技术的高科技企业,必须向"核心"地带进军,抢占机器人技术高地。

面对当时的形势,新松公司实施"双核"战略,针对国内"核心技术"和"核心部件"依赖进口的"短腿",投入研发重兵,五指握拳,抱团发展,让"短腿"变长,形成中国力量。新松人决心通过自主创新实现技术上的"弯道超车",彻底打破外国垄断。

第八章　风云际会

新松"上榜"

一天，曲道奎步入会议室，对大家说："告诉大家一个好消息，我们被人打榜了。"

美国的《福布斯》中文版 2004 年发布的"中国潜力100 榜"，新松公司排在第 48 位。这一消息立刻在会场中激起了一阵热烈的讨论声。

新松公司的卓越表现已经引起了国内外主流媒体的广泛关注。美国的《福布斯》(*Forbes*)不是一般的媒体，它是美国一家极具权威的知名杂志，是美国历史最悠久的商业杂志之一，全球版的发行量高达 100 万份，拥有众多高层次的商界读者。

2003 年，福布斯集团首次发布了《福布斯》中文版。

作为全球商业领域的权威媒体，其发布的榜单往往被视为经济趋势的风向标。能进入《福布斯》视界并打榜的企业，肯定不是一般的企业。新松公司成立才五年，就在《福布斯》上赫然有名，能在如此短的时间内崭露头角，自然不是偶然。

经过五年的稳健发展，新松公司年均复合增长率超过40%，销售收入在2004年突破3亿元大关。如今，新松在机器人领域几乎实现了全产品线覆盖，风头正劲。

这个国际巨头一心想"放倒"的小个子，像雨后拔节的竹子，噌噌地往上蹿！

《福布斯》自然不会忽略新松公司。《福布斯》凭借自身独到的视角和强大的影响力，发布最具权威的商业信息和深度观察。全世界的企业无不把能登上《福布斯》杂志当作一种殊荣。新松公司登上《福布斯》应该是一件可喜可贺或至少令人得意的事，标志着新松公司以强者姿态迅速在中国充满潜力的机器人领域确立了自身的地位。

"值得高兴吗？"曲道奎看着大家问。大家面面相觑，不知道他的意思，没有人回应他。

他又说："我们老家有句谚语，叫'小时候胖不算胖'。48位算什么？距第一位还差得远哪。"大家笑了。

曲道奎并没有沾沾自喜,紧接着,他又透露了一个令人担忧的消息:"我们可能被人盯上了。"这一言论让在场的人都感到意外。

不久,来自美国的一份报告证实了曲道奎的担忧。2005年4月,正是新松公司成立五周年之际,意外地收到"山姆大叔"的一份"礼物"。美国的"中国经济与安全事务委员会"的一份长达158页关于中国科技发展状况的报告透露出来,题目是"中国科技竞争力的进展:需要重新评估"。

这篇报告收集了大量中国2003—2005年的科技新进展,重点列出了17项他们认为值得关注的中国科技成就与计划。沈阳新松机器人自动化股份有限公司赫然居首。这要比《福布斯》的打榜分量重得多。"小荷才露尖尖角",已有目光盯上头。

面对这份报告,曲道奎展现出了冷静和睿智。他深知,这份报告不仅是对新松公司的一种关注,更是一种挑战。他提醒团队成员,要保持清醒的头脑,不要将挑战视为荣誉。

事实上,新松公司没什么秘密。"中国机器人之父"蒋新松在20世纪80年代创建机器人开放实验室,就是想把中国机器人的发展进程展示给世界,让世界了解中国,让中国连接世界。

20 世纪 90 年代，蒋新松主导研究的海人一号水下机器人，可以自主下潜 6 000 米，居国际领先水平，自始至终是"浮"在水面上的，根本就没有"潜伏"的意思。那个时候，西方国家没有把中国放在眼里。

今非昔比，西方国家对中国的崛起格外敏感。中国的崛起必定是科技的崛起。西方国家不会忽略中国在机器人领域的发展成就，当然会对新松公司如此"高看"。

此时的新松公司想低调都不行。对待赞美，曲道奎有着自己的冷静和视角。他的脑海里呈现出"狐狸与乌鸦"的古老寓言故事。

这份报告与《福布斯》的打榜不同，是给美国官方提供的一份科技情报。其中认为，中国的科技竞争力有了新的发展，需要重新评估，并探讨中国成为全球科技大国的可能性。报告提示：值得警惕的是，中国一旦在极富挑战性的科技领域崛起，成为全球科技大国指日可待。这个国家可能成为美国面临的最强大对手。

这份报告究竟是由谁精心策划的？ 显而易见，这份报告中的背后充斥着浓重的政治色彩，意图在国际舞台上煽动对立。曲道奎摇了摇头，表示新松公司不会为此买单。这

明显是借题发挥，意在向美国官方发出警报。随后，曲道奎查出了这份报告的始作俑者，并验证了自己的分析和预测。

炮制这份报告的专家，曾是美国国防部东亚事务的特别助理，参与制定了美国的长期防务规划。这位"特别助理"被誉为"中国通"，他能够流利地说普通话，并为自己取了一个中文名字——白邦瑞。尽管白邦瑞的公开身份是美国国防大学和大西洋理事会的高级研究员，但他作为国防部部长办公室政策研究室的高级顾问，注定了他不仅仅是一位普通的学者，而是政治家背后的智囊。

白邦瑞的蓝眼睛始终紧盯着中国，但他的眼神像子弹一样冷酷无情。从20世纪七八十年代中美合作的大力倡导者，到如今"中国威胁论"的急先锋，这位"变脸学者"的180度大转弯让外界感到难以理解。作为"中国威胁论"的核心人物，白邦瑞不仅对中国战略给出了惊悚的解读，还极力推崇大国对抗的冷战思维，如今他已成为五角大楼中一只好斗的"鹰"。

新松公司确实成了这只"鹰"的目标，而新松公司的领军人物曲道奎同样受到了他的关注，以至于曲道奎每次申请赴美签证都要经历层层审查，耗时数月才能得到批复。

在一次内部高管会议上，曲道奎言辞恳切地提醒大家保持冷静和警觉。他借用了一句家乡俗语："别错把'黄鼠狼给鸡拜年'当作荣誉。"

然而，此时的新松公司已然崭露头角，令竞争对手不敢小觑。尽管新松机器人只有五岁，按年龄算只是"大班"的孩童，但在机器人领域的巨头眼中，它已成长为身强力壮的"小伙子"，成为崛起的"中国力量"的象征。

二

对手临门

曲道奎早已预见到新松公司会引来诸多目光，但对手如此迅速地逼近，确实出乎他的意料。一天，他如常出差归来，途经金辉大道时，无意中瞥见新松公司总部两侧不远处，两座高耸的大厦上分别悬挂着两家外国机器人公司的巨大广告牌。这两家公司正是世界机器人"四大家族"的成员，其标志格外显眼。他指着这些广告牌，对几位高管说："看，对手已经来到我们的家门口了，我们该如何应对？"

金融风暴过后，中国机器人市场迎来了爆发式增长。面对这一风口，国际巨头纷纷抢滩登陆。据统计，数十家外国公司在中国设立了生产基地，包括"四大家族"在内的世界著名机器人公司几乎都在中国设厂。外国机器人企业的竞争日益激烈，仿佛群狼环伺。

深圳机器人市场更是迅猛增长，四大顶级国外机器人企业——库卡、发那科、安川电机和 ABB 集团占据了深圳市场八成以上的份额，而本土品牌机器人的市场占有率仅 10% 至 15%。此外，美国和欧盟等发达国家和地区也将发展智能机器人作为国家战略，进一步加剧了竞争的激烈程度。

面对国际巨头的紧逼，新松公司无疑面临着巨大的挑战。曲道奎深知，这是一场你死我活的技术和商业之战。然而，他坚信生死牌掌握在自己手中。他鼓励团队要有足够的决心和力量，向世界展示中国机器人的风采。

不久，瑞典沃尔沃公司在家门口摆下了擂台，吸引了众多世界级机器人大佬的参与。面对这样的挑战，新松公司内部出现了不同的声音。有人认为新松与这些巨头相比还有一定差距，应该谨慎行事。然而，曲道奎却坚定地说："怕什么？这样的擂台打赢了，自然是白赚；即使打不赢也不丢人，至少我们可以从中学习和成长。"

他始终认为，当竞争对手逼近家门口时，新松公司必须勇往直前，毫不退缩。在激烈的市场竞争中，新松公司积极倡导"儒狼文化"。

曲道奎的办公室后墙上悬挂着"大道行天"的字幅，彰显出主人独特的气场。曲道奎对此解释道：企业领导者首先要具备"儒"的品质。儒家强调以德守道，在商业领域，我们既要坚守商业道德，也要遵循商业规则。小胜靠力，中胜靠智，大胜靠德，全胜则靠大道。这里的"大道"融合了德、智、力三者的精髓。在商业实践中，"大道"意味着在公正、公平、公开的游戏规则下，采用正当手段参与竞争。这不仅是"大道"，也是市场竞争中的"儒道"。

然而，当面对那些试图与你掰手腕、向你发起挑战的对手时，你需要展现出"狼"的特质，勇敢地迎接挑战，坚定捍卫自己的领地和族群，绝不示弱。正是有了这样的"狼性"，"大道"方能"行走天下"。

曲道奎强调："我一直要求新松公司要像狼一样，敢于出击，敢于与竞争对手碰撞，不能龟缩不前。一个真正的勇士，即使面临死亡，也要在与对手的较量中倒下，而不是在家中被吓倒。此外，我们绝不允许内部消耗和低水平的重复竞争，这并非新松的行事风格。"

他表示，新松必须扛起国家和民族的大旗，站在国家的高度进行思考、决策和行动。一方面，我们需要从国家层面出发，抢占技术和产业的制高点；另一方面，我们也要为国内企业留下更多的生存空间。自相残杀、互相挤压，即使赢得对手，也毫无意义。

新松公司的创新产品始终瞄准国际一流的高端水平。公司的核心技术、团队和资本能力均向国际前沿看齐。新松公司致力于高端领域，绝不做低端产品。要在高端领域立足，就必须敢于迎战强敌。正是这样的理念与雄心，新松公司勇敢地走出国门，迈向欧洲，在国际舞台上与高手一决高下。

四月的和风将新松的气息带到了春寒料峭的北欧。折取一枝入城去，使人知道已春深。果不出所料，一阵激烈的比拼下来，瑞典沃尔沃公司给出的结果，竟然连有一半瑞典"血统"的机器人行业老大ABB集团也没有想到，瑞典沃尔沃公司选中了新松公司提供的移动机器人解决方案。"小龙马"不负众望，再次夺魁。这一胜利不仅让新松人扬眉吐气、信心大增，也让全球机器人行业对新松刮目相看。

曲道奎说，这是阔步走出去的新松公司，对国际机器人巨头的上门挑战给予的一次回应。

许多行业大佬发现，此时的新松公司已经具备了与世界机器人巨头一较高下的实力。新松在欧洲战场的胜利，也震动了亚洲战场。不久之后，一家拥有数百年历史的日

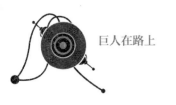

本企业，由老板亲自带领资深专家，前来新松参观。

曲道奎带领客人走进智慧工业园区，日本同行几乎被眼前的景象所震撼，他们疑惑地问："这是你们自己研发的吗？""当然，这是我们自己的成果。"曲道奎自信地回答。最终，日本人在事实面前不得不保持沉默。

新松人没有得意忘形。曲道奎深知，市场风云诡谲莫测，仅一两招险胜不足以成为强者，必须壮大自己，增强实力。曲道奎的目标不仅仅是在国内争市场，尽管中国的市场开始走高，且未来的前景巨大而广阔。新松人的目标是要在国际擂台上与那些巨头们掰手腕，剑指巅峰，参与全球竞争。

曲道奎坦言："在国内我们虽然有了一定的体量，但在国际市场还是小个子。我们的肌肉还不发达，肩膀头还不硬。新松不仅要长胖长大，还要长壮长强。"

新松如何日益强大？

当孙悟空面临强大对手，处于寡不敌众的境地时，他能从自己身上拔下一撮毛发，一吹即变出无数个小悟空，将敌人打得溃不成军。

新松公司拥有了新松浑南智慧产业园等"根据地"，就如同孙悟空有了花果山，拥有了施展其独特能力的舞台。

新松公司只需从自身"拔下一撮毛",即可变幻出众多"小新松"。若要让中国机器人屹立于世界舞台,与那些拥有百年历史的巨头竞争,我们不仅要增强实力,还需不断扩大规模。

新松公司的"魔变"之道即为"裂变"之术。在新技术的转化过程中,新松公司不断实现自我裂变,迅速壮大。

自 2006 年起,新松公司的发展步入了快车道。在尊重市场的同时,新松公司注重转化,集中优秀人才至市场前沿,创造了全新的销售模式——全员营销,融合开拓。新松人对公司的组织结构进行了大刀阔斧的调整,这被称为"流程再造"。

新松人身上集多重身份于一身:科研人员、工程技术人员、市场营销员。每个人都需学会在市场上推广自己的技术产品。科研人员直接面对客户,产品直接对接市场,实现技术产品解决方案的一体化运作,完成市场"最后一公里"的跨越。这就是"融合开拓"的精髓。

公司各部门根据市场需求和职能重新调整,按照"两头在外、中间在内"的经营模式,原独立设置的营销部被撤销。这次调整不仅是新松人的一次"流程再造",也是体制机制的创新。工程技术人员和公司产品与客户实现直接对

接，使新松人和新松技术更好地服务客户、融入市场。科技
成果转化为市场产品，彻底打通了"最后一公里"。新松
公司通过"裂变"实现了规模的迅速扩张。

同台角力 三

在 2006 年的某一天，张雷——移动机器人事业部的一员，意外地在他的电子邮箱中发现了一封来自美国通用汽车公司上海分公司技术负责人的邮件。邮件中，对方表示近期他们公司的专家在中国考察时，目睹了新松机器人在柳州合作汽车制造厂中的出色表现，对此表示高度赞赏，并表达了合作的意愿。

谈及为何柳州汽车制造厂选择了新松机器人而非美、德两国的同类产品，这实际上是一次典型的"水土不服"案例。最初，柳州汽车制造厂选择了美国的机器人，然而这些机器人过于娇气，短时间内就出现了故障。随后，他们尝试使用德国机器人，但德国机器人对工作环境要求极高，同样未能

满足生产需求。于是，他们转向了新松公司。新松机器人的"小龙马"凭借其踏实可靠、从不偷懒的特点，让外国的机器人自愧不如。

通用汽车全球设备采购部门的专家惊奇地发现，新松公司生产的移动机器人的平均可靠运行时间远超国外同类产品，其生产和交货周期平均仅为 4 个月，比国外同类产品缩短了一半时间，且价格相当。这无疑是他们渴望的解决"水土不服"问题的"中医药方"。因此，他们的这位技术负责人通过电子邮件联系张雷，希望了解更多关于新松公司的信息。

双方开始通过电子邮件进行交流。当时，张雷正忙于另一个项目，时间紧迫。但他仍然坚持每晚回家后，认真、礼貌地回答对方提出的各种问题。起初，对方只是对新松公司的产品表示兴趣，后来则提出了一系列问题，希望张雷能提供解决方案，以便他们评估方案的可行性。尽管没有抱太大希望，但出于对科学技术的尊重和对客户需求的深入了解，张雷依然一丝不苟地完成了方案，满足了对方的要求。

张雷的父母均为大学教师，这种家庭环境熏陶出他儒雅稳重的气质，而他在工作中又展现出极大的热情。他那双充满灵性的大眼睛，透露出他对事业的坚韧与执着。张雷利用晚上的时间，跨越时差与对方沟通，使得合作更加具体和深入。

经过长达半年的邮件往来，双方逐渐深化了合作意向。当对方提出需要参考报价时，张雷兴奋地将这一进展报告事业部。大家对此感到惊讶，因为这是跨国公司首次主动向新松公司寻求技术解决方案，且对方还是知名的通用汽车公司。

然而，报价问题成为困扰他们的一大难题。他们不确定应该报多少价，因为对国际行情并不了解。报得太高可能失去竞争力，报得太低又怕亏本。更重要的是，如果价格过低，对方可能会质疑产品的质量。经过深思熟虑，他们最终在市场最高价和最低价之间选择了一个中间值，报给了通用公司。

经过多次的电子邮件交流和谈判，双方终于达成了共识。2007年5月，通用汽车公司技术专家组的采购人员来到新松公司进行考察。经过深入交流，新松机器人成功进入了通用汽车公司在中国上海的工厂。

2007年10月，具有百年历史的通用汽车公司向全球发出标书，公开采购移动机器人。这是一个与老外同台竞技的项目，这次的老外不同以往，都是机器人行业里的国际巨

头。新松人精心设计制作标书。中国机器人以独特的技能和超高的品质优势，走上了国际擂台，迎战对手。

同台角力强者胜。几个回合下来，新松公司将一个个对手斩落马下，战胜了世界巨头。新松公司赢得 70 余台、总价值 7 000 多万元人民币的采购订单。

随后，对方敲定，把新松公司作为通用公司的全球合作供货商。"小龙马"经过几年的技术积累，技术和市场份额冲到了行业前列，同行们羡慕不已。无论是机器人的精度、重量、速度都达到国际先进水平。新松公司又相继赢得了墨西哥、印度、俄罗斯、加拿大、乌兹别克斯坦等国家的项目。

"小龙马"独占鳌头，开始横扫天下。

中国"人"很自信。

海外历练

四

　　"小龙马"不仅被美国通用公司请进了印度、韩国以及欧洲的制造工厂，还被通用公司请进了坐落于美国底特律的核心工厂。这标志着中国"人"在国际市场上不仅占据了一席之地，而且举足轻重，成为"嘉宾"。在国际领先的工业机器人江湖上掀起了一阵大波浪。中国机器人能否在外国"生活"下去，在国际舞台上站稳脚跟呢？要知道"洋人"来到中国还出现了水土不服呢！中国机器人走到大洋彼岸是否吃得惯"西餐"？

　　没想到，"小龙马"一到美国先给美国人来了个"下马威"，经历了一次严峻的考验。

　　2008 年，西方的圣诞节临近，平安夜中的张雷却焦急

不安。他收到了一封来自大洋彼岸美国底特律的紧急邮件，那是新松公司的两名现场工程技术员发来的，信中称"小龙马"表现出异常行为，烦躁不宁，急需专家前往现场解决问题。张雷看到这封急件，心情变得异常焦虑。然而，更糟的是，负责这个项目的高级工程师患病住院无法前往。即使能派人前往美国，也需办理护照、签证，等待时间漫长。但对方一刻也不容迟缓，因为底特律汽车制造工厂每 46 秒就能生产出一台车，系统不能有任何差错，否则将会带来巨大的经济损失。

张雷深知，"小龙马"一旦出现问题，代价将是巨大的。而在大洋彼岸的美国汽车之城底特律，平安夜早已被彩灯和欢乐的气氛所包围。但在通用汽车的总装车间里，工人们无心猜测圣诞老人今晚会给孩子们带来什么礼物，他们正围着中国的"小龙马"，焦急地观察着它反常的动作，彼此间无奈地交换着绝望的眼神。

得知这一情况后，曲道奎迅速召集新松公司研究院的专家与张雷一起，根据对方发来的信息制定了一个解决方案。然而，如何将这个解决方案迅速传达到大洋彼岸呢？关键时刻，曲道奎的"思维超链接"发挥了巨大作用。他指示张雷通过网络将解决方案发送给现场的技术员崔仓龙和邵明，让他们根据方案进行"小龙马"的操作调试，并将反馈信息实时发送回来。互联网思维下的网络技术成功地将美国的汽车城与中国的"机器人王国"连接起来，实现了跨越太平洋的遥控实时对接。

在底特律通用汽车的总装车间内，新松公司的两名现场工程技术员全神贯注地坐在电脑前，按照张雷远程发送的软件指令，精心调试着"小龙马"。现场围聚着一群外国专家，他们目光炯炯地等待调试结果。

新松公司的产品出现问题，新松团队责无旁贷地承担起解决的责任，他们承诺给客户的，是无可挑剔的服务和品质。这次情况特殊，时间紧迫，更有一群外国专家现场见证。新松人感到了前所未有的压力。

在张雷的引导，以及曲道奎和几位专家的协助下，他们通过网络链接，跨越了大洋的阻隔，进行了多次远程调试。经过十几个小时的奋战，软件程序被反复优化和调整，终于成功解决了问题。

"小龙马"欢快地跑起来，开始在车间里灵活穿梭。当现场工程师在电脑键盘上敲下"OK"这个简单的词汇后，这个字符瞬间穿越大洋，出现在张雷面前的屏幕上。大家悬着的心终于放下，脸上露出了释然的笑容。

　　而张雷，这位连续两天高强度工作的工程师，仿佛从深水中挣扎出来一般，长长地吐出一口气，疲惫地靠在椅背上，几乎无力起身。但他脸上洋溢着满足和自豪的微笑。

　　在大洋彼岸的通用汽车总装现场，美国专家们也纷纷鼓掌，向这群来自东方的智慧工匠致敬。这是圣诞之夜的特别礼物，也是东西方智慧交融的佳话。

　　新松机器人在海外出色的性能和稳定的表现，赢得了客户的信赖和认可。这表明中国机器人在国际市场上同样具备强大的竞争力和适应能力。

"超人"炫技：
第一座智慧工厂诞生

2012 年，为了提高汽车制造业的国产化水平，工业和信息化部确定把一汽汽车焊接装配生产线国产化的研发与应用项目，作为中国"智慧工厂"的标本予以立项。这是我国首次将国产机器人大批量应用于轿车焊装生产线的一个项目。也就是说，关键技术是那颗"制造业皇冠上的明珠"——机器人。

汽车行业是机器人应用的高端行业，几乎被国外公司垄断。一汽的国产焊接装配生产线项目要求必须是 6 轴机器人。这种 6 轴机器人完全像一个人的胳膊，可以实现在任何维度的自由移动，在制造业里面可谓最高级。

当时，国内还没有能够生产 6 轴机器人的厂家，能够

具备应用于生产线的工艺更是前所未见。当新松公司接到这项任务时，业内不少人并不看好。工业和信息化部的专家们看到新松公司前来接受咨询并受领任务的是一位年轻人——新松公司工业机器人事业部总经理王金涛时，禁不住投以疑惑的目光。这位年轻人能做出合格的 6 轴高级机器人、建造中国的第一座"智慧工厂"吗？

一位专家组长望着眼前这位淳朴敦厚的年轻人，不无担忧地说："金涛，你胆子真大呀，项目要求这么高，你们也敢做？要是干砸了，砸的不仅是新松的品牌，也把我国的机器人汽车制造厂耽搁了，以后再也没人敢用国产机器人了。这可不是闹着玩的。"

"请专家放心，我们一定能圆满地交钥匙。"项目负责人王金涛儒雅稳重，言谈举止颇有大将风度。

十年前，王金涛进入中国科学院自动化研究所进行硕士和博士连读，做机器人课题研究。这位来自山东沂蒙山革命老区的小伙子，当年参加高考时，是县里的高考状元。本来报考的是中国人民大学会计学专业，却被调剂到沈阳大学电子工程专业。他说，也许命中注定与机器人有缘，阴差阳错，来到了沈阳。外表文质彬彬的王金涛虽然年轻，却锐气十足。取得博士学位后，他进入新松公司的研发团队，现为新松机器人事业部总经理。他不仅在研发新型机器人的攻关项目中表现突出，而且敢于向世界权威发起挑战。

王金涛是新松研发团队的主力之一。在工业机器人的研发过程中，有一款新型打磨抛光机器人，需要按照曲面算法教科书的定义建模确定算法，但这一算法总是出现偏差，却找不到原因。难道曲面算法教科书的定义出了问题？不少人认为，这不可能！这个定义是法国数学家德波尔给出的。

王金涛在实践中一遍遍验证，最后确认教科书定义存在缺陷。他把纠正这个数学定义的缺陷作为自己毕业论文的研究课题，得到导师曲道奎的赞赏和支持。"创新需要颠覆。颠覆前人，颠覆过去，科学才会有突破、有发展。"曲道奎鼓励王金涛。王金涛将曲面算法教科书的定义修正后，将新的结论发给了德波尔。两周后，王金涛收到德波尔热情洋溢的感谢信，确认他的曲面算法定义存在瑕疵，原定义不够严谨，并表示将在新的教科书中加以改正。

王金涛勇于探索、挑战和创新，在新松公司研发真空机器人过程中，使一个久攻不下的技术难点迎刃而解。后来，他成为研发工业机器人的技术新锐之一，并担任了机器人事业部的总经理。

在一汽轿车焊装线的研发与应用项目中，需要首先攻克6轴工业机器人，这一机器人应用项目不仅要解决6轴焊接机器人的技术难点，而且要与原来使用的外国机器人焊接装配线兼容，在技术上又增加了一层难度。

这是国产机器人项目第一次与外国设备混线生产。由于国外进口的机器人先入为主，国产机器人跟进配套，不管设计多么优越，都要优先适应国外机器人的标准。在大批量应用国产机器人的同时，要能够在兼容的状态下保证高强度生产的节奏。这相当于中国机器人与外国机器人在一条焊装生产线上同台竞技。

新松人有没有这种包容的大胸怀和"超人"的智慧呢？王金涛带领攻关团队，用实际行动作出了回答。

在设计安装调试中，王金涛团队经常会遇到各种运行逻辑和通信错误。为了保证生产线正常运行，他们只有白天陪产，晚上客户休息时再进一步优化中国机器人的"大脑"，即控制系统，让超级巧手"灵灵"变得比外国机器人更加智能。

半年之后，他们终于攻克一道道难关，如期完成了这一工程。专家们来到现场验收，在与外国机器人同台比试的国产化汽车焊接生产线前，专家们看到巧手"灵灵"的超级版——"超人"正在灵活自如地"穿针引线",焊接质量丝毫不比外国生产线逊色。他们赞叹:"这是'中国制造'的希望。"

中国第一座"智慧工厂"就这样诞生了。这一中国化的汽车焊接装配生产线运行良好,大获成功,实现了国产机器人在汽车领域的一项重大突破,并在华晨、东风汽车生产线上大量应用。后来,"超人"又被请进了通用、宝马和大众等国际汽车生产工厂,升级换代,替代了外国机器人。

2014年,山东临沂工程机械厂进口的挖掘机大臂焊机机器人系统出现故障,需要维修,然而外国原厂家的维修报价太高。由于这种焊接机器人焊接的工件大、板材厚,需要进行多层多次焊接,而热变形易导致机器人焊接出问题,质量难以保证。

长期以来,中厚板焊接一直是机器人焊接领域的高端应用,只有少数几家国外机器人公司掌握这种技术,所以外国厂家要价高。临沂工程机械厂的经理们舍不得给外国厂家掏这笔钱,但如果不维修,挖掘机大臂焊机机器人就无法正常运行。

王金涛得知这个消息,来到山东临沂工程机械厂一看,是这个"洋人"的"脑"残了。他向机械厂承诺,新松公

司可以用中国机器人的"脑"解决"洋人"的"脑"问题。中国机器人能治"洋人"的病？在客户的半信半疑中，他们双方签订了一个先给"洋人"治病后付"医疗费"的合同。

经过了半年多的刻苦攻关，王金涛带领团队终于用中国机器人的控制系统完全替代了国外机器人的控制系统。客户用中国机器人大脑控制的"洋人"进行大型工件焊接，并对每一个工件都进行了探伤检测，发现完美无缺，非常满意。山东临沂工程机械厂的总经理高兴地说："以后，就用咱中国机器人。"当即与新松公司签订了十多套挖掘机大臂焊机机器人系统购买合同。中国机器人就这样向高端迈进，成为中国制造的主力军。

第九章 东方"巨人"在路上

新松新家族

"她总能遵从指令,无论朝东还是朝西;她既能烹饪佳肴,又能洗衣;她既能优雅地步入厅堂,又能熟练地操作厨房,服务周到且美丽动人——这正是我梦寐以求的家政助手!"这是一位网友的深情呼唤。这样的家政服务员,恐怕只有机器人才能胜任。

而真正激起新松人对服务机器人浓厚兴趣的,是服务机器人能够成为养老助残的得力助手,且拥有巨大的市场潜力。

曲道奎表示:"许多人对中国机器人的认知有限,是因为我们目前主要开发和应用的还是工业机器人,用于工厂的生产制造。但接下来,我们将大力开发智能服务类等消费型机器人,让这些高科技产品走进寻常百姓家,成为他们生活中不可或缺的一部分，让每个人都能感受到高新技术带来的福祉。"

当年，蒋新松力排众议，将机器人纳入"863 计划"时，就预言："或许，当我们老去，会需要机器人来照顾我们的生活。"现在看来，他的预言已经成真。

老龄化社会的到来已是大势所趋。此外，还有数量庞大的残疾人需要照顾。智能服务机器人无疑为中国的养老助残事业提供了有效的解决方案。

2009 年，新松建成了二期智慧工业园，实现了工业、服务、特种三大类五个品种的机器人生产线，覆盖了国外机器人的全部产品种类。新松的"三大家族"机器人，真正成为机器人王国的代表。

如今，走进新松智慧工业园，人们会见到"迎宾先生"和"礼仪小姐"——它们已经是"悦悦"和"亮亮"的第三代了。这些机器人的装扮非常炫酷。

"悦悦"身为"礼仪小姐"，身穿红色短裙，宛如一位楚楚动人的小天使，它的存在总能给人带来无尽的愉悦。而"亮亮"则比"悦悦"高出半头，它身着一身太空装，外套是新松公司标志性的"宇宙蓝"马甲，显得既有动感又不失优雅。大家亲切地称它为"迎宾先生"。

当它们开口讲话时，那种萌萌的声音宛如天籁，十分悦耳。走起路来，它们步态轻盈，飘逸感强烈，让人眼前一亮。"悦悦"每当遇到客人时，它那双特大的眼睛就会闪烁光芒，仿佛在思考，随后它会用亲切的声音向客人打招呼："你好！欢迎您来到新松参观！"它会大方优雅地伸出手与客人握手，虽然缺乏真实的温度，但它的热情足以让客人感受到温暖。

历经数载辛勤耕耘，服务机器人事业部终于硕果累累，成功研发出送餐机器人、迎宾机器人、银行助理机器人以及现场解说员、大堂经理等多元化的服务机器人系列。

如今，新松公司的第四代家政智能机器人"新新"和"松松"已经步入千家万户，他们如同贴心的家庭成员，遍布天南海北，为新主人带来便捷与温馨。

新松正是凭借这种独特的"魔变"技术，在短短几年内，"裂变"出了多个分支，包括"小龙马"移动机器人家族、巧手"灵灵"焊接机器人家族、服务机器人家族、真空机器人家族以及3D打印家族等。新松公司也由最初的3个机器人事业部，发展到现在的11个事业部，并且其"裂变"的步伐从未停歇。

盛典之夜

　　几多风雨，几多磨难。经过十年的拼搏与奋斗，新松公司终于在逆境中崛起，跻身于世界机器人高技术企业一流阵容。

　　2014 年的最后一个夜晚，中央电视台以一场独特的视觉盛宴把一年一度的辞旧迎新活动推向高潮。

　　在一号演播大厅里，由中国科学院、中央电视台共同发起，联合科学技术部、教育部、中国工程院等单位共同举办的"年度科技创新人物颁奖典礼"隆重举行。这是科技领域的巅峰盛会。

　　此时，在央视演播大厅里进行的颁奖盛典上，中国科学院林惠民院士揭晓了第一位科技创新人物：

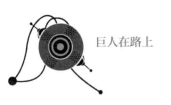

"他带领的团队创造了中国机器人发展史上的 108 项第一,研发的机器人遍布全球 15 个国家。2014 年,他首创了 40 吨'重载双移动'机器人系统,又以 20 千克大负载真空机器人领先全球。他和他的团队用满满的创新自信,书写着中国机器人发展的新篇章。他就是:沈阳新松机器人公司总裁——曲道奎教授。"

只见曲道奎和新松公司最新开发的第三代服务机器人"小智"一起款款走上舞台。他们"二人"在台上交流互动,还即兴表演了一段中国风十足的扇子舞,引起全场一片欢呼。

曲道奎从专业角度为现场嘉宾解读了"小智"舞蹈的高端技术。他充满信心地说,在人类的生产、生活转型升级的大背景下,智能时代已经向我们走来,机器人必将发挥巨大作用。

颁奖嘉宾、中国工程院院士王天然笑盈盈地走上舞台,为曲道奎颁奖。当两双手紧紧地握在一起时,谁能想到,这一刻的辉煌背后是两代科研工作者几十年的精神传承和接力奋斗。

主持人风趣地问王天然院士:"作为研究机器人的两代科学家,您和曲道奎教授研究的目标和追求的理想有什么不同？"

王天然神情怡然地说："目标和理想一样，但我们的工作有很大差别。我们这一代当时做的是应用实验研究，曲道奎将中国机器人推向了市场并发展壮大，这是很大的进步，是创造了新的时代。"

正是两代科学家用东方智慧打开机遇之门，怀着一颗火热的产业报国之心，励精图治，开拓创新，以核心技术抢占市场先机，实现了中国机器人产业的一次次新的跨越和"心"的跃升，让中国机器人这面高高飘扬的旗帜，为中国这片古老的土地增添了一道绚丽的东方彩虹。

十八大以来，我国机器人市场进入高速增长期。2014年，我国首创了重载双移动机器人系统，能让两个40吨的重载移动机器人（自动导引车）协同工作。新松公司成长为国内最大的机器人产业化基地，也是全球机器人产品线最全的厂商之一。

新松机器人产品线包括自主研发的工业机器人、移动机器人、真空机器人、特种机器人和服务机器人五大类80余种机器人产品。其中，工业机器人产品性能达到国际同类产品技术水平；在真空机器人领域，新松公司是国内唯一的产品和解决方案供应商，彻底打破被日本、韩国、欧美国家

等发达国家垄断的局面，大量替代进口；移动机器人占据国内汽车市场、电力市场份额 90% 以上，产品批量出口国外，核心竞争力国际领先。

随后不久，我国首台拥有自主知识产权的巨型真空机器人研制成功，可以在真空环境下水平移动重达 16 千克的半导体材料。我国连续五年成为工业机器人全球第一大应用市场，同时，也是世界上最大的机器人消费国。

曲道奎教授感慨道："只要基于正确的发展路线撸起袖子加油干，我们就一定能在机器人领域大有作为。或许用不了多久，机器人在走向现代化生产工厂的同时，也能全面进入普通家庭，成为我们身边的好伙伴。"

中国力挺机器人 三

进入 21 世纪的中国，劳动力成本不断上升。中国如何保持强劲的发展动力，由制造大国向制造强国迈进？

国际机器人联盟（IFR）发布数据，2013 年中国购买了全球五分之一的机器人，首度超过日本，成为全球最大的工业机器人买家。2014 年，中国市场共销售工业机器人 5.6 万台，约占全球市场总销量的四分之一。

中国连续两年成为全球第一大工业机器人市场。同时，中国机器人产业联盟发布最新数据：中国工业机器人的保有量达到 80 万台。2009—2014 年，中国工业机器人市场销量以年均 58.9% 的速度增长。2014 年，注定成为机器人工业制造业发展历史上浓墨重彩的一年。在全球范围内，机

器人在各领域的应用更为广泛深入，正以锐不可当之势推动劳动密集型产业快速转型升级。在中国，机器人产业已经成为大数据时代下毋庸置疑的朝阳产业和一片蓝海。

在这种背景下，中国科技精英齐聚北京共商国是，探讨应对这场扑面且浩浩荡荡而来的"机器人革命"浪潮。

2014年，"皇冠顶端的明珠"照亮了中国制造业的发展之路，也为中国成为科技强国送来了亮光。中南海吹响了迎接"机器人革命"的进军号！

2014年6月9日，中国科学院第十七次院士大会、中国工程院第十二次院士大会在北京隆重召开。中共中央总书记习近平做了重要讲话。

中国科学院沈阳自动化研究所的两位工程院院士王天然和封锡盛出席了大会，现场聆听了总书记的讲话。王天然说："我们知道总书记要在大会上讲话，但没想到总书记会专门讲机器人，讲得那么多、那么透，可谓讲到家了。我们现场听得很激动，很提气，也很自豪。"

习近平总书记的讲话全文共有8 000多字，关于当前高科技发展面临的任务和方向有1 100多字，而讲机器人就占了400多字的篇幅，这在国家最高领导人的讲话中是绝无仅有的。他说：

前几天，我看了一份材料，说"机器人革命"有望成为"第三次工业革命"的一个切入点和重要增长点，将影响全球制造业格局，而且我国将成为全球最大的机器人市场。国际机器人联合会预测，"机器人革命"将创造数万亿美元的市场。由于大数据、云计算、移动互联网等新一代信息技术同机器人技术相互融合步伐加快，3D 打印、人工智能迅猛发展，制造机器人的软硬件技术日趋成熟，成本不断降低，性能不断提升，军用无人机、自动驾驶汽车、家政服务机器人已经成为现实，有的人工智能机器人已具有相当程度的自主思维和学习能力。国际上有舆论认为，机器人是"制造业皇冠顶端的明珠"，其研发、制造、应用是衡量一个国家科技创新和高端制造业水平的重要标志。

机器人主要制造商和国家纷纷加紧布局，抢占技术和市场制高点。看到这里，我就在想，我国将成为机器人的最大市场，但我们的技术和制造能力能不能应对这场竞争？我们不仅要把我国机器人水平提高上去，而且要尽可能多地占领市场。这样的新技术新领域还很多，我们要审时度势、全盘考虑、抓紧谋划、扎实推进。

习近平总书记的讲话把机器人产业提升到了一个前所

未有的高度——国家战略性新兴产业。这意味着以机器人为突破口的制造业升级越来越具有战略意义。工信部随后明确表态：组织制定我国机器人技术路线图及机器人产业"十三五"规划。

这是一场关乎未来的争夺，国家意志、地方利益与企业诉求高度统一。

中国老龄化社会来临。中国人口红利逐渐式微，中国劳动力开始减少，如何保持中国制造的强劲动力，并向制造强国迈进？ 这些问题已然影响到中国经济发展和社会稳定的基础。以机器人为"明珠"的中国"智能制造"将成为破解这一困局的利器。

中国制造业面临"前有堵截，后有追兵"的困局，要想保住"世界工厂"的地位并赢得未来国家发展的主动权，中国机器人必须挺身而出，勇敢担当。

在 2015 年全国"两会"上，《政府工作报告》中首次提出"中国制造 2025"这一雄心勃勃的计划，将大力推动信息化与工业化深度融合作为未来十年"中国制造"主攻方向。中国还处于工业化进程中，制造业仍是国民经济的重要支柱和基础，丝毫不能忽视。

2015 年 5 月 8 日，历时近 3 年制定完成的《中国制造

2025》由国务院正式发布。这是官方智库中国科学院制定的战略性规划纲要，被视为"用三个十年完成中国从制造业大国向制造业强国转变"的第一个十年路线图。

"中国制造 2025"明确了以智能制造为主攻方向。在工业智能化生产制造的竞争中，美国和欧洲等发达国家，都把发展机器人作为国家战略，加剧了竞争的激烈度。

此时，新松公司建成的工业数字化智能工厂，被业内誉为"中国机器人自动化成套技术装备研发与应用的权威机构"。新松公司将把这种生产线拷贝到全国各地。新松机器人公司作为中国的民族品牌、国内机器人行业的领头羊，将充分运用自身的创新技术、科研平台，真正助力"中国制造 2025"，作为中国力量走出国门，走向世界。

机器人"大咖"群英荟萃

四

11 月 23 日，"2015 世界机器人大会"在北京国家会议中心隆重开幕！世界各地的技术权威、专家学者"华山论剑"，世界各型机器人"大咖"群英荟萃。

梦想在前，现实随行。这是一场全方位展示机器人学术成果、产业智能的科技盛宴！这是一场机器人大联欢，这是一次世界级的"大智汇"。

正如"2015 世界机器人大会"主题所倡导的：协同融合共赢，引领智能社会！在机器人领域，中国将与世界一流的研发团队和机构共建国际合作协同发展的创新平台。

几天前，一场大雪覆盖了北京。2015 年被气象专家称为历史上厄尔尼诺现象最强的一年。11 月下旬，长江以北普降了一场大雪。雪后初晴，银装素裹，寒风袭人。在世界机器人大会期间，北京的气温骤然降到历史同期的最低值。尽管如此，上午 9 点，热情的观众仍将国家会议中心的入口处围得水泄不通。机器人在中国大地上引发的热潮已把多天的寒冷迅速融化，这是机器人给中国大地带来的新气象。

这次大会由中国科学技术协会、工业和信息化部、北京市人民政府主办，100 多家国内外企业参加，集中展示了先进的机器人产品。

在主办方的精心设计下，这次大会由"2015 世界机器人论坛""2015 世界机器人博览会"，以及"2015 世界青少年机器人邀请赛"三大部分组成。这次大会集研讨、展示、竞技于一堂，各路"神仙"扎堆亮相，一展雄姿。

进入展厅，一行大字映入眼帘——"智造未来、智慧生活"——这是新松公司参加本届大会博览会的主题词。正对着会展大厅入口处的 A001 号展台是新松公司专属区。

参观的人群一下子围上来。

"你好！欢迎你到新松参观。"只见"悦悦"和"亮亮"撒着欢儿、打着圈儿，眨着微笑的眼睛，不停地向观众热情地打招呼。今天的"亮亮"很酷，"悦悦"很靓。它俩都换了一身崭新的装束："悦悦"胸前别了一朵胸花，"亮亮"脖

子上围了一条粉红丝巾，靓丽，温馨，喜庆。

几位好奇的观众走上展台，握握"悦悦""亮亮"的手，问："你叫什么名字？能和我们玩吗？""悦悦"和"亮亮"与观众对话、互动。不知谁提议要与"悦悦""亮亮"跳舞。它俩请上一位姑娘，在音乐的伴奏下，扭动着身姿，翩翩舞动起来。

新松的工业机器人、移动机器人、真空机器人、服务机器人、特种机器人五大产品线的精品也全部亮相，更是让人刮目相看。尤其那3台白中带蓝的单臂7轴机器人，打破了人们印象中机械手的生硬外观，给人以轻盈飘逸之感。正当单臂7轴机器人表演时，音乐响起，一位身着白衣的太极拳习武者登上台，与机器人同练太极拳，配合完美。

新松公司的"复合机器人"和单臂7轴机器人，是这次博览会上最高智能级的机器人，也是我国首次推出的两款智能机器人。

在200多万平方米的机器人博览会大厅里，炫酷的高科技机器人风格各异，各显神通，有挥动大臂"秀肌肉"的工业机器人，有灵动乖巧的服务机器人，还有能上天入地的特种机器人。

当观众进入展览大厅，"小"字辈里的"小胖"向观众走来。"大家好，我是机器人小胖。这么多人来看我，我内心还有些小激动呢，要是说错话了，还请大家原谅，毕竟我才1岁。"这个萌萌的声音，来自家用机器人"小胖"。它的外形酷似大白，圆咕隆咚的小脸有玻璃面罩，里面装着平板电脑，屁股上有不少蜂巢一样的小孔，那是内置的空气净化器。"小胖"能为普通家庭做些啥？"小胖"说："我会做的事儿可多了，唱歌、跳舞、看电影、陪你聊天、学习、讲故事、控制家电、净化空气。"这款机器人人见人爱。"小胖"是北京进化者机器人科技有限公司和北京航空航天大学共同研发的。"小胖"的主人向观众介绍：目前"小胖"已经完成小规模量化生产，价格在1万元以下。

"嘟——"哨声一响，"开球！"在机器人足球表演区，一场机器人足球赛鸣哨开战。红、蓝队各5名可爱的小Nao（一款用于竞技表演的人工智能机器人）眼睛一亮，冲向橙红色的小足球。其实它们跑得没多快，看着有点让人着急。但它们可是世界最强阵容哦，是两支"国足"：蓝队是澳大利亚新南威尔士大学机器人足球队，曾获世界杯冠军；红队是中国科学技术大学机器人足球联队。

"哎呀，摔倒了，它自己能爬起来吗？"红队的一位小Nao倒在地上，观众一阵唏嘘，直为小Nao着急。只见小

Nao 起身坐地，双腿一曲，一个鲤鱼打挺，重新站立起来，颇有男子汉气概。"站起来了，站起来了！"观众们欢呼。此时，一位红色小 Nao 中场一记远射，直逼球门。蓝队门将向左主动倒地，把球挡在球门之外，颇有大将风度。攻得漂亮，防得精彩。观众对顽强的小 Nao 报以热烈的掌声……

这次大会的成果可以用四句话来总结：为创新者提供了学习的机会，为企业界搭建了合作舞台，为创业者指明了方向，鼓励了青少年的创新精神。

中国机器人迎来了一个"明珠"灿烂的新时代。

一个巨人在成长

五

2015 年 11 月 23 日晚，备受瞩目的"机器人创新之夜"如期举行，世界精英们欢聚一堂，把 2015 北京世界机器人大会推向高潮。

在热烈的气氛中，来自海内外的 200 多名机器人领域的专家和学者共同签署了《机器人创新合作北京共识》：将携手并肩，通过加强国际机器人学术与产业交流，建立国际机器人人才合作培养机制，普及机器人知识和推广应用，广泛激发社会对机器人的创新激情，推动中国机器人事业健康发展。

一位来自美国的华人机器人科学家感叹道："我看了北京的这次机器人展览，还是非常欣慰的。中国机器人走向

世界舞台毕竟有了一个好的开端。技术需要长期积累，没有捷径可走，只有踏踏实实地做。好在中国科学家们如此努力，中国政府这么支持，中国机器人有能力冲到世界的前沿。多少年了，我们就盼着中国机器人能够站到世界舞台的中心。"

2015 年世界机器人大会刚刚落下帷幕，新松公司就与东北大学共同发起，联合成立机器人大学。通过校企联合，重点在机器人研发领域培养高端人才。

2016 年 1 月，利好消息再次传来。新松公司成功并购德国陶特洛夫职业培训学院 100% 股权，由新松公司和安信咨询公司共同出资成立中德新松教育科技集团，成为国内首家全资收购德国职业教育机构的企业。新松公司将利用中德双方具有生产、教学功能的"智能工厂"实训基地重点培养高素质、高能力的技师与工程师，培养"中国工匠"。这次并购对于全面、深入引进德国双元制教育及"中国制造 2025"发展战略落地具有重要的意义。

目前，新松公司再次谋划实施未来"4 + 2"战略布局，打造新松升级版，即四大产业板块战略 + 两大平台战略。四大产业板块为工业智能制造、消费类服务机器人、国防特种制造、职业教育，两大平台为创新平台和金融平台。新松公司将以全新的格局和姿态刷新梦想，跃上快速发展、超越期望的新征程。

2016 年 6 月 16 日，又传来一条令人振奋的消息：由国内机器人产业骨干企业自行发起的中国机器人 TOP10 峰会成立大会，在新松公司召开。

10 家企业携手合作，组成第一方阵，奏响了中国制造的最强音："起来！起来！起来！我们万众一心，冒着敌人的炮火前进！冒着敌人的炮火前进！前进！前进！进！"

他们承载着民族工业的希望，昂首阔步，在激越、雄壮的《义勇军进行曲》中启程，向着 2025 出发了，向着智能时代出发了。

在国歌旋律的回荡中，人们的脑海里突然闪出一句话，是"中国机器人之父"蒋新松十岁时在小学毕业照片上写下的一句话："一个巨人在成长。"

新松求新：
用智慧打造未来

六

新松人有言："别人已经在做的事情，那就让他做去吧。不要吃别人嚼过的馍，走别人走过的路。我们要研究新领域、研制新产品、创造新价值。"

基于生活的创新只是新松公司创新的一个缩影。新松公司还有一个秘密团队——上海中科新松有限公司的"创新团队"。这里是一个机器人的"心"世界，他们的目标始终是"新"。

2016年5月的一天，创研中心的会议室里传来激烈的争吵声。透过开放式大厅的玻璃，有人看到里面一群年轻人围坐在一起，其中一位男技术人员与一位女技术人员"吵"得不可开交。女技术人员好一个"巾帼不让须眉"，直把男技术人员逼到了一角。

这种场面，新松公司的年轻人已经司空见惯了，有时也参与进来。有人轻轻地推开玻璃门调侃道："喂！ 你们可以吵，千万别打架。"一句话把大家逗乐了。大家坐下来继续讨论。这是一个由 100 多人组成的创研团队，被称为"群星创新"。

2016 年 4 月，"群星创新"进驻刚刚落成的上海金桥创研中心。他们多是"80 后""90 后"的年轻人。有的辞去外国巨头企业的高薪工作加入新松公司，有的从国外学成回国来到新松公司。他们怀着同一个梦想：打造出拥有东方智慧的中国机器人。

上面那一幕，是工程师陈宏伟和范亮亮围绕着双臂协作机器人的技术控制路径发生了意见上的交锋。普通人很难理解他们这是在干什么。他们是"群星创新"的狂想者，他们正在狂想——无限定、不设边界地创想。狂想至于这样吗？是的。正是在激烈的狂想碰撞中，产生创新的火花。

双臂协作机器人是世界上最高端的工业机器人技术之一，每个臂有七个轴，即七个关节，双臂协作机器人完全实现了人的两只胳膊的功能。目前，瑞士 ABB 集团研发的 YuMi 成为全球首款人机协作双臂工业机器人，曾在一些展

览会上展示。不过，它的负载太低，只能表演折叠纸飞机。

新松公司创研团队的目标是，让双臂协作机器人完全具有成年人手臂的力度。这还不够，他们还要给这个双臂协作机器人装上眼睛，使它能够根据自己观察到的环境自主决定动作。这一高端机器人不仅国内绝无仅有，在国际上也是首屈一指，前景广阔。

2014 年，上海外高桥造船有限公司遇到一个难题，向新松公司求助。船体喷漆和清洗工作艰苦，空中操作既复杂又危险，这一工种招工越来越难，能不能搞个机器人来干？

上海外高桥造船有限公司作为国内船舶制造行业的领头羊，造船工人一心想缩小与国外同行的差距，甚至赶超世界先进造船水平。但是，现有的生产方式已不可能，尤其人工涂装面临难题。船舶的喷涂作业属于高空作业，危险性大。随着生活水平的提高，人们越来越不愿意从事喷漆这种脏、累、重而又危害身体健康的工作。造船企业都面临着如何用机器人代替人，实现喷涂自动化这一亟待解决的难题。

上海外高桥造船有限公司的需求和造船工人的渴望成为中科新松公司研发团队的动力。他们对国内外造船业进行了调研分析，发现只有几年前日本人提出过这种设想，并没有形成产品或样品。他们认为，用于船体包括大型油罐的喷涂、清洗的"智能爬壁喷涂机器人"具有巨大的市场空间。

他们立即将这个想法作为一个研发项目申请立项，得到新松高管层的支持。这个项目交给了研发部经理刘保军。刘保军带领十几个年轻人组成的攻关团队来到上海外高桥造船有限公司，与工人师傅反复交流研究，确定了研发路径。

经过一年多的攻关，刘保军带着"智能爬壁喷涂机器人"样机来到现场试用。这个被工人师傅称为"爬壁虎"的家伙，很不好调教，不是在大风中突然荡秋千，就是在烈日下被船体的高温烫得乱爬。

刘保军和他的团队陪伴着"爬壁虎"经过了两个寒暑。2015年夏季，因厄尔尼诺效应形成上海历史上罕见的高温天气。据说，不少上海人跑到三亚去避暑。外高桥造船有限公司厂区在烈日的暴晒下气温接近50℃，不时有中暑的工人被抬走。

刘保军和他的伙伴们头戴安全帽，身着工装，一直坚守在试验现场。因为他们要仰头盯着船体上的"爬壁虎"，不断地调试控制系统，不能戴太阳帽，也不能用遮阳伞。他们轮流操作试验，汗水浸得眼睛痛，不一会儿就头晕眼花。从

刘保军和伙伴们那一张张黑黝黝的瘦削脸庞上，你就能看出他们付出了多少艰辛。

经过两年的奋战拼搏，他们终于把"爬壁虎"驯化成有"心眼"的"人"了。这家伙像个蓝色的大海龟，从容自如地爬在90度甚至100多度的船体斜面上，不用拴缆绳、挂保险带，照样手持几把喷枪，同步、精准地给船体上漆。无论在多么恶劣的环境下，它都能一丝不苟地把活儿干得很漂亮。一个"智能爬壁喷涂机器人"可代替四五个工人，还可以24小时连续工作。这一切只需要一个人在下面遥控操作。

上海外高桥造船有限公司已经到了下班时间，还有许多工人围在下面。不少人啧啧赞叹："哦哟！侬晓得吧？不得了哎！不得了哎！好神奇的哟！"

造船工人的梦想，在新松人手里变成了现实，不仅填补了国内外的市场空白，也填补了我国在大型船舶喷涂机器人领域的空白。我国造船业向自动化、智能化迈出了可喜的一步。

创新是从无到有。创新是迈向未来的一种力量、一种自信。新松公司一路创新为王。新松人永远有一颗求新的心。

结束语

中国机器人成长的故事，就先讲到这儿吧。

从机器人的诞生与成长历程来看，它们最初应用在工业生产制造领域，而后逐渐拓展至其他众多领域。

形形色色的机器人茁壮成长，形成了庞大的机器人家族。如今，机器人已经深入各行各业和人们生活的每个角落，它们无处不在，时时刻刻为我们带来便利与惊喜。

科学家们将机器人划分为工业机器人、农业机器人、服务机器人以及特种机器人四大类。每一大类再根据具体用途的不同，进一步细分为多种机器人。例如，工业机器人中包括焊接机器人——火花中的裁缝高手、打磨机器人——工厂里的整容达人、喷涂机器人——工业产品的化妆师、码

垛机器人——勤勤恳恳的装卸工等。

走进梦幻般的田园，我们会看到各种农业机器人，如大田作业机器人和采摘收获机器人，它们正忙碌地工作着。此外，还有那些呵护我们生活的好伙伴，如家政服务机器人和医疗服务机器人等。

各式各样的"感知机器人"让人目不暇接。每款机器人都有其独特之处：自动驾驶汽车已经走上街头；智慧园区巡检机器人通过区域内大数据的综合对比分析，实现火灾识别报警、车牌号识别记录和可疑人员动态捕捉；防爆消防灭火侦察机器人则可通过远程遥控，用于油品燃气爆炸、毒气泄漏爆炸、隧道和地铁坍塌等灾害的抢险救援。

除了民用领域，一些军用侦察感知机器人同样颇具看点。可以说，数据无处不在，感知无孔不入。在《变形金刚》《环太平洋》等科幻大片中，我们可以看到勇猛的机甲战士担当主角。而在现实世界中，这些机器人已经出现在现代战争中，它们就是战场机器人。战场机器人的作用日益凸显，能够自动实施打击、掩护和突袭等军事任务。许多军事强国也在加紧研发军用机器人。

在 AI 和物联网等技术井喷式发展的今天，感知、仿生等技术叠加衍生，逐渐颠覆了人类的思维认知。虽然有些机器人还在实验室中成长，或仅为高科技工厂所使用，但它们正在快速进步，大步向前。也许在不久的将来，它们就会走进我们的现实生活。

我们所要做的，就是紧跟时代步伐，不断创新，让目光始终聚焦在科技前沿。总之，从浩瀚太空到万米深海，从工厂车间到田间地头，从国之重器到百姓生活，机器人已经广泛渗透到民生、工业、农业、国防等领域。机器人世界充满了"科技范"和"未来感"。机器人与人工智能的广泛应用，让我们正步入与机器人和谐共荣的缤纷多彩新世界。

未来，机器人的应用领域将不断得到拓展，机器人家族也将更加枝繁叶茂。

中国机器人成长历程大事记

1972 年 8 月，蒋新松起草了给中国科学院的《关于人工智能与机器人》报告，他是我国最早研究机器人的科学家。

1982 年 6 月，中国科学院沈阳自动化研究所研制出了我国第一台工业机器人——示教再现型工业机器人。

1985 年 12 月，中国第一台水下机器人样机在大连首次试航成功，深潜 199 米，能灵活自如地抓取海底指定物，被命名为"海人一号"。

1986 年 7 月，"机器人示范工程"在沈阳南塔街 114 号隆重举行奠基仪式。同年，智能机器人被列入"863 计划"。

1993 年 11 月，第一台移动机器人（AGV）研制成功，并用于汽车总装生产线。

1995年6月，CR-01（即"海人一号"）无缆自制水下机器人研制成功，并在太平洋完成深潜6 000米的试验。

1996年10月，移动机器人（AGV）出口韩国，我国首次实现高技术出口。

1997年3月30日，年仅66岁的蒋新松突发心脏病逝世。他因对机器人事业的卓越贡献而被誉为"中国机器人之父"。

2000年4月，沈阳新松机器人有限公司成立，曲道奎任总经理。我国机器人技术进入市场开拓与应用，走上产业化发展之路。

2006年4月，新松公司研发出首款家庭服务机器人，具有音乐舞动、唱歌、预报天气、发送信息等功能。

2006年6月，真空（洁净）机器人项目通过了国家科技部门的鉴定，填补了我国在这一领域的空白，突破了制约中国IC装备业发展的"卡脖子"工程。

2012年10月，我国第一条机器人汽车生产线，由新松机器人第三代传人王金涛带领的技术团队研制成功。中国第一座"智慧工厂"诞生。

2014年12月31日，新松第四代服务机器人，在中央电视台"年度科技创新人物颁奖典礼"晚会上登台表演。

2015 年 11 月 23 日，"2015 世界机器人大会"在北京国家会议中心隆重开幕。新松机器人代表中国制造的民族品牌，成为这次大会抢眼的亮点。

2017 年，新松公司跃进世界机器人企业综合排名前十位。